As melhores Piadas do planeta...
e da casseta também!

© 2003 by Toviassú Produções Artísticas

CASSETA & PLANETA É
Beto Silva, Bussunda, Cláudio Manoel,
Helio de La Peña, Hubert,
Marcelo Madureira e Reinaldo
www.cassetaeplaneta.com.br

Todos os direitos desta edição reservados à
Editora Objetiva LTDA.
Rua Cosme Velho, 103 - Rio de Janeiro - RJ - CEP 22241-090
tel (21) 2556 7824 fax (21) 2556 3322
www.objetiva.com.br

Redação Final
Beto Silva

Capa
Pós Imagem Design

Projeto Gráfico e Editoração Eletrônica
Ampersand Comunicação Gráfica

Ilustrações e Caricaturas
Osvaldo Pavanelli

Revisão
Rita Godoy
Damião Nascimento
Renato Bittencourt

C344m
  Casseta & Planeta
    As melhores piadas do planeta... e da casseta também 5 /
  Casseta & Planeta. - Rio de Janeiro : Objetiva, 2003

  138 p.: Ilust.   ISBN 85-7302-573-5

  1. Literatura brasileira - Humor. I. Casseta e Planeta
  (Grupo Humorístico). II. Título
                                        CDD B.869.7

As melhores Piadas do planeta...

e da casseta também!

OBJETIVA

Introdução

Quando entreguei os originais desse livro, um dos editores disse:

— Está ótimo, mas você precisa fazer a introdução.

Estranhei. Pensei que essas coisas só aconteciam na televisão. Mas como não conheço direito esse pessoal do mercado editorial, resolvi obedecer. Abri a braguilha, puxei o pênis para fora e perguntei:

— O senhor quer que eu faça a introdução aqui mesmo? Na frente de todo mundo?

Criou-se um silêncio constrangedor na sala de reunião. Não entendi nada. Será que era alguma crítica ao tamanho do pênis? Sempre ouvi falar que editor gosta de volumes grossos. Não sei, não sou muito entrosado com esse pessoal do mercado editorial. Isso nunca tinha me acontecido na televisão. Perguntei:

— O que vocês esperavam? Uma broxura?

Mas não adiantou. O clima continuou péssimo. Um a um, os editores foram se retirando da sala com cara de nojo e resmungos que não entendi.

E agora? Estou aqui sozinho, com o meu bilau na mão e não estou entendendo nada. É ou não é pra fazer uma introdução? Esse pessoal da cultura é muito complicado. Na televisão é muito mais fácil!

Seu Casseta

Me pediram pra fazê esse perfácil. Eu não sou home de fazê perfácil, eu faço é prédifícil! Pra fazê o perfácil eu tive que lê o livro, e foi difícil porque eu sô analfabético. Esse livrio só tem piadias! Não tem nada profundio, não tem nenhum pensamientio pra enriquecê a almia! Não é que nem o meu livrio, *Seu Creysson Vidia e Obria*, que mudou a vidia das pessoa!

Prefacio de livrio de piadia é fodia! Os cara cata essas piadia na internétia, fica riquio e ainda quer que eu fale bem do livrio! Vão pra puta que os parílico! Se for pra elojiá alguém, vou falar bem da mãe dos autorios, que é gostósia e fazia pontio lá na praça da Bundeira!

É isso aílson!

Seu Creysson
AGORA SEM ÉQUIO
QUE É MUITO MAIS CHÍQUIO!

Sumário

10 AI, MEU DEUS LÁ VOU EU ME ESPORRAIRE DE RIR DE NOVO!

16 ANEDOTAS PARA LEVANTAR DEFUNTO!

18 ANEDOTAS QUE NÃO DÃO RECIBO

25 ANEDOTAS SEM PÉ NEM CABEÇA

27 ARGENTINA, A PÁTRIA DE COSTELETAS

30 ASSIM NA TERRA COMO NO CU

34 *Frases de pára-choques de BMW*

36 BAIANO SÓ USA O SIRI-MOLE PRA FAZER XINXIM

39 BAIXINHO É O SEU SALÁRIO

45 BLASFÊMEA É PARA BLASMACHO

51 CHISTES, CHALAÇAS E PILHÉRIAS JOCOSAS PARA A TERCEIRA IDADE

56 DE GRAÇA, ATÉ CHIFRE NA TESTA!

60 *Xingamentos fresquinhos para insultar a vizinhança*

DRAGS, TÔ FORA! ▶ **62**

É ISSO AÍ, BICHO! ▶ **65**

LOURAS, LOURAÇAS, LOURUDAS, LOUROSAS E OUTRAS OXIGENADAS ▶ **74**

MATANDO A SOGRA E MOSTRANDO O PAU ▶ **76**

MULHERES, PERUAS, GALINHAS E OUTRAS AVES ▶ **81**

As mulheres e seus orgasmos ▶ **84**

PEIADAS ESPORRANTES ▶ **86**

PIADAS HILARIANTES, HILARIDURANTE E HILARIDEPOIS ▶ **91**

PIADAS QUE PEIDAM E COÇAM O SACO ▶ **95**

Profissionais japoneses ▶ **98**

PIADAS QUE SÃO COMO VOCÊ: MUITO GOZADAS ▶ **100**

QUEM CASA QUER CASA. QUEM DESCASA QUER PENSÃO ▶ **105**

SE CAIPIRA JÁ GOSTA DE ROÇA, IMAGINA DE ROÇA-ROÇA! ▶ **116**

SEXO É FODA! ▶ **121**

TRABALHAR DÁ MUITO TRABALHO ▶ **127**

VIAÇÃO AÉREA TABAJARA AIRLINES ▶ **130**

Concurso pra polícia (vestibular dissimulado) ▶ **133**

ÍNDICE REMISSIVO **137**

O português estava no meio de uma transa com a sua amante. De repente ela ouviu o barulho da porta da garagem se abrindo e disse:

— Goza rápido que o meu marido está chegando!

O português levantou-se de um salto, correu para a janela, colocou a cabeça para fora e começou a gritar:

— Corno! Chifrudo! Galhudo!

Maria vai ao ginecologista reclamando que não consegue engravidar.

— Por favor, tire a roupa e deite-se naquela maca — diz o médico, preparando-se para examiná-la.

E ela indecisa:

— Mas, doutor! Eu queria tanto que o filho fosse do meu Manuel!

A mãe americana encontra uma lata de cerveja na bolsa da filha e pergunta para si mesma:
— Será que minha filha está bebendo?
A mãe italiana encontra um maço de cigarros na bolsa da filha e se questiona:
— Será que minha filha começou a fumar?
A mãe portuguesa encontra uma camisinha na bolsa da filha e se pergunta:
— Meu Deus! Será que minha filha tem bilau?

Manuel chega à zona e pergunta pra cafetina:
— Quanto está a custaire uma trepadinha com uma das suas distintas meretrizes?
— Depende do tempo! — diz a cafetina.
— Pois baim... suponhamos que chova...

O que você diz para uma mulher sem os braços e as pernas?
Belos peitos, hein!

A moça sofre um gravíssimo acidente de trânsito, vai parar na UTI e passa dois anos nessa situação, sem responder aos estímulos dos médicos e sobrevivendo apenas pelo uso contínuo de aparelhos.

Certo dia, para espanto de todos e escândalo geral, esta moça fica grávida.

Os médicos, a polícia, os funcionários do hospital e principalmente os parentes empenharam-se em descobrir como um fato absurdo desses poderia ter ocorrido. Após exaustivas investigações, chegaram à conclusão de que o culpado era um português, contratado há pouco tempo para trabalhar como auxiliar de enfermagem.

Então ele foi levado para a delegacia e severamente interrogado pelos policiais.

— Eu estava apenas a cumprire minhas obrigações — defendeu-se o portuga.

— E sua obrigação era comer a moribunda? — perguntou irritado o policial.

— Claro! Pois se em cima da cama da moça tinha uma plaqueta. Lá estava escrito o que eu tinha que fazeire!

— E o que estava escrito na plaqueta? — perguntou o policial.

— Ora pois, estava escrito: coma.

Um brasileiro e um casal de portugueses estavam numa ilha deserta. O brasuca estava afinzão de dar um pega na portuguesa, que era bem gostosinha e estava dando mole pra ele. Mas o portuga estava sempre junto. Aí o brasileiro falou:

— Acho que um de nós devia subir no alto daquela palmeira pra ver se tem algum navio que possa nos resgatar.

O portuga concordou e o brasileiro se ofereceu pra ser o primeiro a subir na palmeira. Ele subiu e assim que chegou lá em cima começou a gritar:

— Ô português, pára com isso! Deixa de ser indecente!

Ele desceu da árvore e o português perguntou:

— Por que tu estavas a gritaire daquele jeito lá de cima da árvore?

— É que você e a sua mulher estavam transando enquanto eu estava lá em cima. Eu sei que vocês são casados, mas pega mal fazer sexo na minha frente!

— Mas nós não estávamos a transaire!

— Não? Lá de cima eu tive a nítida impressão de que vocês estavam transando. Deve ter sido uma ilusão de ótica.

Então foi a vez do português subir na árvore. Quando chegou lá em cima, ele olhou pra baixo e falou consigo mesmo.

— Nossa! O brasileiro tem razão. Que ilusão de ótica! Daqui de cima a gente tem mesmo impressão de que eles estão a transaire lá embaixo!

Recém-casados na noite de núpcias:
ELE — Por favor, não exija muita experiência de mim, querida.
ELA — Tudo bem, desde que você não exija muita virgindade de mim!

Manoel pega um trem para Lisboa e senta-se bem em frente a uma deliciosa portuguesinha, vestida numa deliciosa minissaia. De repente, ele repara que, além de ser gostosa e estar com uma saia curtíssima, ela, pra completar, está sem calcinha. O português fica vidradão. Tão vidrado que a moçoila acaba notando e, maliciosa, encara o portuga.

— Por acaso tu estás a olhaire para minha xoxotinha?

— Bem, mil desculpas... a senhorita me perdoe, por favoire — responde o portuga.

— Não tem problema nenhum, ó pá — responde, sedutora, a safada lusitaninha. — Pode olhaire à vontade... quer que minha xoxotinha te dê uma piscadela?

A sem-vergonha dá uma piscada com a buceta e o português fica hipnotizado. Ela aproveita e provoca mais.

— Quer que ela agora te mande um beijinho?

O portuga, alucinado, faz que sim, sem tirar os olhos da xoxota lusa. A gaja dá outra piscada e, sem o galego perceber, faz o som de um beijinho com a boca. Manuel fica quase babando pela moça. Ela, agora, já bem excitada com a situação, não agüenta mais de tesão e, finalmente, se rende.

— Escuta aqui, ó pá, tu não queres enfiar-me um par de dedos?

Paralisado de assombro, o português responde:

— Minha mãe do céu! Vai dizer que ela também sabe assobiar?

Um sujeito entra num banco com uma seringa cheia de sangue, agarra um dos caixas e berra:

— Me dê R$ 150.000,00 ou te espeto essa seringa cheia de sangue contaminado por Aids!

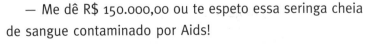

O caixa era o Joaquim, que se vira calmamente para o assaltante e diz:

— Ó pá! Vá à merda! Não vou te daire dinheiro algum!

O assaltante enfia a seringa no braço do Joaquim e corre para a rua. Os colegas do Joaquim correm para ele, e um deles diz:

— Você ficou louco? Que história é essa de bancar o herói e ser contaminado pela seringa?

Joaquim responde tranqüilamente:

— Tudo bem, gente! Eu estou a usaire camisinha!

O português entra numa *sex shop* e é logo abordado pela vendedora:

— A moda agora são essas calcinhas comestíveis!

— Calcinhas comestíveis? — indagou o portuga.

— Sim, temos vários sabores: morango, *tutti frutti*, menta... o senhor quer levar uma para experimentar?

— Taí! Gostei da idéia, vou levar meia dúzia! Só que vou querer sabor de batata!

— Batata?

— É. É para combinar com o cheiro de bacalhau da Maria!

**Por que Deus é do sexo masculino?
Porque se fosse mulher, esperma teria gosto de chocolate.**

Anedotas para levantar defunto!

Um cardiologista morreu. Na hora do sepultamento, colocaram seu caixão em frente a um enorme e ridículo coração florido. Quando o pastor terminou o sermão e elogios, todos acabaram de dar adeus, o coração se abriu, o caixão desceu à sepultura e o coração se fechou. Foi a hora em que um dos presentes ao velório explodiu em uma tremenda gargalhada. Uma pessoa ao lado dele perguntou:
— Por que você está rindo?
Ele respondeu:
— Estava imaginando o meu funeral.
— E o que há de engraçado nisso?
— É que sou ginecologista...

O velho acaba de morrer. O padre encomenda o corpo e se rasga em elogios:

— O finado era um ótimo marido, um excelente cristão, um pai exemplar...

A viúva se vira para um dos filhos e lhe diz ao ouvido:

— Vai até o caixão e dá uma olhada pra ver se esse enterro é mesmo o do seu pai.

MARIDO — Vamos tentar uma posição nova hoje? A gente podia trocar?
MULHER — Vamos! Você fica esfregando a barriga no fogão e eu fico deitada no sofá peidando!

A mulher vai ao médico, que a examina e dá o diagnóstico.
— A senhora está bem de saúde para uma mulher da sua idade, mas tem um problema: a senhora está uns quarenta quilos acima do peso ideal, quase atingindo a obesidade. Se não emagrecer, pode ter problemas no futuro.
A mulher olha duramente para o médico e fala:
— Eu quero uma segunda opinião.
— Uma segunda opinião? Tá bom. A senhora também tá feia pra caralho!

Um sujeito foi caçar e levou consigo a sua espingarda de dois canos. Quando ele estava no meio do mato, subindo numa pedra, ele escorregou e largou a espingarda, que disparou justamente no seu pênis. O sujeito foi socorrido e levado ao hospital; um médico conseguiu operá-lo e salvar o seu pênis. Quando o sujeito acordou, depois da cirurgia, o médico foi visitá-lo.

— Obrigado, doutor! — agradeceu o sujeito. — Obrigado pelo maravilhoso trabalho que o senhor fez.

— Não foi nada! — disse o médico. — Agora o senhor deve descansar e depois procurar o meu irmão — e estendeu um cartão pro sujeito.

— O seu irmão também é médico?

— Não, ele toca flauta. Ele vai te ensinar onde o senhor deve colocar os dedos pra não acertar nos olhos toda vez que mijar.

O médico estava sofrendo um terrível dilema ético. Procurou um psicólogo para ajudá-lo. O psicólogo procurou acalmá-lo.

— Você não tem que ficar tão nervoso. Você não é nem o primeiro nem o último médico a transar com uma paciente...

— É... mas é que eu sou veterinário.

— Qual é a diferença entre o Michael Jackson e um saco plástico?
— Um é branco, de plástico e perigoso para crianças pequenas.
O outro é só um saco plástico.

Um jovem casal estava numa praia de nudismo tomando banho de sol, quando de repente uma vespa entra dentro da vagina da mulher. O marido fica desesperado. Rapidamente cobre a mulher com um casaco e leva ela correndo para o hospital. O médico tenta de todas as maneiras tirar a vespa de dentro da mulher, mas não consegue. O marido nervoso não agüenta ver aquilo e sai pra dar uma volta, pra espairecer. Quando volta, dá de cara com o médico mandando vara na sua mulher.

— Que isso? — grita nervoso o marido.

— Calma, meu amigo. É mais uma tentativa de tirar a vespa de dentro da sua mulher. Eu besuntei o meu pênis com mel e coloquei na entrada da vagina para tentar atrair a vespa.

— Mas o seu pênis está no fundo da vagina da minha mulher!

— É que não deu certo. Essa é a última tentativa: tô tentando esmagar a filha-da-puta!

— Doutor, doutor, rápido, uma emergência! Minha mulher está deitada na cama com a cabeça aberta!

— Não vai dar, meu filho! Eu tenho um caso mais urgente.

— Mais urgente?

— É, uma enfermeira deitada na cama com as pernas abertas!

O cara foi fazer uma circuncisão e por um terrível erro médico acabaram cortando o bingulim inteiro dele. Quando ele acordou da cirurgia, a equipe médica foi lhe dar a má notícia. O cara ficou desesperado. Chorando muito, ele perguntou:

— Isso quer dizer que eu nunca mais vou sentir uma ereção?
— É claro que vai! — respondeu o médico.
O sujeito animou-se.
— É mesmo, doutor?
— É. Ereção você ainda pode sentir. Só não vai ser sua.

O cara era tão velho, mas tão velho,
que não tinha espermatozóides,
tinha espermatossauros.

Um sujeito procura o médico na emergência do hospital.

— Doutor, o senhor precisa me ajudar. Eu vinha andando pela rua ontem à noite, estava escuro, aí eu acabei tropeçando e caindo sentado num toco. Olha só o estrago, doutor.

O doutor examina a região furicular do rapaz.

— Olha, meu amigo, pela minha experiência, isso daí não foi toco não, isso foi pica.

— Que isso, doutor, tá me estranhando? É claro que foi toco!

— Nada disso, foi pica.

— Foi toco! — insistia o sujeito.

— Foi pica! — rebatia o médico.

— Foi toco! Foi toco!

— Tudo bem. Eu tenho aqui dois remédios: um pra toco, outro pra pica. Agora, não pode tomar errado, se você trocar os remédios, vai morrer na hora. Então, qual deles você quer tomar?

O sujeito hesita um pouco, avalia a situação e resolve:

— Doutor, eu vou tomar o remédio pra pica. Mas que foi toco, foi.

O sujeito procurou o médico com problema de impotência. O médico o examinou e deu o diagnóstico.

— Olha, meu amigo, o seu problema tem solução. Nós podemos fazer uma série de operações que levariam mais ou menos um mês e custariam uns 12 mil reais ou então a gente faz tudo numa operação só, mas que custaria 30 mil reais. A decisão é sua.

— Bom, doutor, eu vou conversar com a minha mulher e depois lhe dou a resposta.

No dia seguinte, ele ligou para o médico.

— Bom, doutor, eu conversei com a minha mulher e nós, depois de discutir bastante, chegamos a uma conclusão.
— Então, o que vocês decidiram?
— Nós vamos reformar a cozinha.

Numa faculdade de medicina, o professor fala pra turma:
— Médico tem que aprender duas coisas: a ter muita atenção e a não ter nem um pouco de nojo. Por isso, vamos fazer um teste.
Trouxeram um cadáver e o professor enfiou o dedo no ânus do morto, lambeu e mandou todos fazerem o mesmo. Depois que todos fizeram, o professor disse:
— Ótimo! Nojo vocês não têm. Só falta a atenção. Eu enfiei um dedo e lambi o outro!

Por que morreram 359 portugueses no mar? Porque o navio encalhou e toda a tripulação foi empurrar.

O sujeito vai ao médico.

— Doutor, eu tenho um problema sério de prisão de ventre. Eu só consigo evacuar a cada oito dias e mesmo assim, quando eu consigo, o esforço é tanto, que me saem lágrimas dos olhos.

— Tudo bem, vamos fazer um exame. O senhor, por favor, tire a roupa.

O cara fica nu e o médico vê que ele tem uma tromba descomunal.

— Meu amigo — pergunta o médico —, quando o senhor senta na privada para evacuar, o senhor coloca o seu pênis pra dentro ou pra fora da privada?

— Pra dentro — o cara respondeu.

— Então, meu amigo, não me admira que o senhor não consiga evacuar. O seu cu está assustado!

O casal queria muito ter um filho, mas há anos eles tentavam e não conseguiam. Finalmente, quando já estavam quase desistindo, a mulher engravidou. Nove meses depois, após uma gestação superdifícil, o menino nasceu. O médico aproximou-se do casal, muito sério, e falou:
— Olha, seu filho está bem, mas tem um pequeno defeito. É difícil dizer, mas... ele nasceu sem o corpo, só tem a cabeça.

Qual é o mês em que as mulheres falam menos?
Fevereiro.

O casal ficou desesperado, mas juram um ao outro que vão amar o menino para sempre e fazer tudo o que puderem para ele ser feliz.

Dez anos se passam e os pais recebem um chamado do hospital. Acabara de nascer uma criança só com o corpo, sem a cabeça, e os médicos têm certeza de que conseguem fazer uma operação juntando corpo e cabeça. Os pais ficam felicíssimos com a notícia e correm para contar a novidade ao filho. Entram no quarto e o pai fala pro filho:

— Filho, temos uma surpresa para você! O que é que você mais gostaria de ganhar na vida?

— Qualquer coisa, pai, desde que não seja outro chapéu!

Prova de natação na Paraolimpíada. Estão todos os competidores preparados quando o juiz dá a largada. O nadador sem braços parte em primeiro, seguido pelo sem pernas, e em último lugar o cara que tinha só a cabeça. O sem pernas passa o sem braços e chega em primeiro com um milésimo de segundo de vantagem. O que tinha só a cabeça chega em último, bem atrás, reclamando:

— Pô, sacanagem! Treinei um ano pra nadar com as orelhas, aí na hora que o juiz foi dar a largada, vem um filho-da-puta e bota uma touca na minha cabeça!

Um brasileiro entra na polícia em plena Caxias do Sul e dirige-se ao xerife:

— Vim me entregar, cometi um crime e desde então não consigo viver em paz.

— Meu senhor, as leis aqui são muito severas e sempre cumpridas, e se o senhor é mesmo culpado, não haverá apelação nem dor de consciência que o livre da cadeia. O que o senhor fez?

> Qual é a diferença entre um termômetro oral e um anal?
> O gosto.

— Atropelei um argentino na estrada ao sul de Caxias.

— Ora, meu amigo, como o senhor pode se culpar se estes argentinos atravessam as ruas e as estradas a todo o momento?

— Mas ele estava no acostamento.

— Se estava no acostamento, é porque queria atravessar; se não fosse o senhor, seria outro qualquer.

— Mas não tive nem a hombridade de avisar à família daquele homem que o atropelei. Eu sou um crápula!

— Meu amigo, se o senhor tivesse avisado, haveria manifestação, repúdio popular, passeata, repressão, pancadaria e morreria muito mais gente. Acho o senhor um pacifista, merece uma homenagem!

— Eu enterrei o pobre homem ali mesmo, na beira da estrada.

— O senhor é um grande humanista, enterrar um argentino! É um benfeitor! Outro qualquer o abandonaria ali mesmo para ser comido por urubus!

— Mas enquanto eu o enterrava, ele gritava: "Estoy vivo, estoy vivo!!"

— Tudo mentira, esses argentinos mentem muito.

Dois argentinos chegam a Miami sem um centavo no bolso. Um dos argentinos propõe ao outro:

— Vamos nos separar pra pedir dinheiro. No final do dia, a gente se encontra.

Então os dois vão um pra cada lado da cidade. À noite se encontram de novo. Um deles vai logo falando:

— Me dei bem! Consegui 50 dólares! Fui até o parque e escrevi num cartaz: "Não tenho trabalho, tenho três filhos pra dar de comer. Por favor, necessito de ajuda". E as pessoas ficaram com pena e me deram dinheiro. E você?

— Eu consegui 3.000 dólares.
— Caraca! Como é que você conseguiu tanto?
— Fui até um parque e escrevi num cartaz: "Sou argentino. Faltam só 50 dólares para conseguir voltar pra minha terra". Que gente amável, não parava de me dar dinheiro!

Perguntaram para uma loura:
— Qual a diferença entre o mamilo e a mama?
LOURA — Mamilo é o que me chupam...
Mama... é uma ordem que me dão.

Um político morreu e foi parar na porta do céu. Lá em cima foi recebido por São Pedro.

— Bem-vindo ao paraíso. Olha, nós estamos com um probleminha. Como a gente quase não recebe políticos aqui no céu, nós não estamos muito seguros do que fazer com você. Então vamos fazer o seguinte: você passa um dia no céu e um dia no inferno e depois escolhe onde vai ficar o resto da eternidade.

Então o político vai até o inferno passar um dia. Quando chega lá, encontra todos os seus amigos da política passeando por um enorme campo de golfe. Todos os políticos o abraçam e ele joga uma animada partida de golfe. À noite todos se vestem com roupas de gala e jantam num restaurante finíssimo uma comida deliciosa. O diabo

---

* — Cu? Isso não é um erro de revisão?
— Erro de revisão é o caralho!

aparece no meio do jantar e se mostra uma figura simpaticíssima, divertindo a todos com ótimas piadas. Depois do jantar, todos se retiram para os seus quartos, acompanhados por garotas espetaculares.

No dia seguinte, o político vai passar o dia no paraíso. Ele passa as 24 horas pulando de nuvem em nuvem, ouvindo o som de uma harpa chatíssima. O dia parecia interminável, mas finalmente acaba, e São Pedro vai buscá-lo.

— Então, já decidiu onde vai passar o resto da eternidade?

— Claro. Vou pro inferno — o político disse.

Então ele foi mandado pro inferno. Quando chega lá, ele encontra um deserto coberto de merda e lixo, os amigos políticos vestidos com trapos estão colhendo a bosta e colocando em sacos pretos. O diabo chega e entrega uma bolsa preta para ele.

— Toma, tu vai passar o resto da eternidade colhendo bosta e colocando nessa bolsa.

— Mas cadê o campo de golfe, o restaurante maravilhoso, as mulheres espetaculares que eu vi aqui anteontem?

— Anteontem eu estava em campanha. Agora, você me elegeu!

O que a Star Trek e o papel higiênico têm em comum?
Os dois vivem procurando um buraco negro.

Estavam no inferno Maradona, o Tony Blair e o George Bush.

O Tony Blair falou:

— Me contaram que aqui no inferno tem um telefone. Vou pedir pro diabo pra dar um telefonema. Preciso saber como vão as coisas na Inglaterra depois que eu saí.

Ele então pediu ao diabo pra ligar, e ele deixou. Ele falou dois minutos e, assim que desligou, o diabo apresentou a conta: 2 milhões de libras. Ele achou caro, mas fez um cheque e pagou.

Logo depois, o Bush também resolveu pedir pra fazer uma ligação:

— Preciso saber como está a luta contra o terrorismo, depois que eu saí dos States.

O diabo lhe deu o telefone. O Bush falou por 3 minutos e, quando desligou, recebeu a conta: 3 milhões de dólares. O Bush abriu uma maleta cheia de dólares e pagou em *cash*.

Aí o Maradona resolveu ligar também.

— Preciso resolver umas paradas!

Pegou o telefone e falou por mais de três horas. Assim que desligou, o diabo mandou a conta: 3 dólares. Maradona ficou felizão, virou-se pro Bush e pro Blair e tirou onda, cheio de marra.

— Me dei bem! Os otários falaram rapidinho e pagaram milhões e eu falei pra caramba e só paguei 3 dólares!

O Bush e o Blair olharam feio pro diabo, pedindo explicação. E o diabo então explicou:

— É que chamada local é mais barato.

São Pedro perguntou ao americano:

— O que é mole, mas na mão das mulheres fica duro?

O americano pensou e disse:

— Esmalte.

— Muito bem, pode entrar — disse São Pedro.

Perguntou ao italiano:

— Onde as mulheres têm o cabelo mais enrolado?

O italiano respondeu:

— Na África.

— Certo. Pode entrar.

Para o alemão:

— O que as mulheres têm, com seis letras, começa por B, termina com A e não sai da cabeça dos homems?

— A beleza.

— Certo. Pode entrar.

Para o francês:

— O que as mulheres têm no meio das pernas?

— O joelho.

— Muito bem. Pode entrar também.

E perguntou ao inglês:

— O que é que a mulher casada tem mais larga que a solteira?

— A cama.

— Ótimo. Pode entrar.

O brasileiro virou-se e foi saindo de fininho... São Pedro chamou-o:

— Você não vai responder à sua pergunta?

— Sem chance. Já errei as cinco anteriores!!!...

Se você ainda não encontrou a pessoa certa, vai comendo a errada mesmo.

Frases de pára-choques de BMW

Quando a esmola é grande, o rico desconta no Imposto de Renda.

Rico, quando come galinha, um dos dois tem plano de saúde.

Faisão de fora não se manifesta.

Não tenho tudo que amo, mas já estou providenciando.

RICO, QUANDO COME GALINHA, É MODELO E ATRIZ.

Chivas-Regalogia

O seqüestro é uma merda.

NÃO ME ACOMPANHE QUE EU NÃO SOU BOLSA DE VALORES.

Quando o imposto é grande, o rico desconfia.

Rico, quando come galinha, manda o motorista levar em casa.

Dois baianos conversam na rede estendida na sala. Um deles pergunta:
— Óxente, será que tá chovendo?
— Sei não, meu rei...
— Vai lá fora e dá uma olhada...
— Vai você...
— Eu não, tô muito cansado...
— Então, chama o cão...
— Chama você, óxente...

O baiano chama o cachorro, que entra na sala e fica entre os dois preguiçosos.
— E então?
— Tá chovendo não, meu rei... O cão tá sequinho.

Quatro baianos acabam de assaltar um banco com sucesso. Param o carro uns quilômetros à frente e um deles pergunta ao chefe da quadrilha:

— E aí... vamo contá o dinheiro, meu rei?

— Pra que todo esse trabalhão? Vamos esperar o noticiário da TV pra saber quanto tem!!!

Três horas da tarde. Dois baianos estão encostados numa árvore na beira da estrada, quando passa um carro a grande velocidade e deixa voar uma nota de cem reais. O dinheiro cai do outro lado da estrada. Passados cinco minutos, um dos baianos fala:

— Aí, meu rei... se o vento mudá... ganhamos o dia!

Já ouviu falar do ceguinho que pulou de *bungee jumping*? Ele adorou, mas o cachorro-guia se cagou de medo.

A mãe daquele baiano vai viajar pro exterior e pergunta ao filho:

— Quer que lhe traga alguma coisa da viagem, meu dengo?

— Ô, minha mãe, traga um relógio que diga as horas, por favor...

— Ué, e o seu não diz?

— Diz não, mainha, eu tenho que olhar nele pra saber...

O menino estava passeando com seu pai, quando vê um cachorro cruzando com uma cadela. Assustado, ele pergunta ao pai:

— Pai, o que é isso?

— Calma, filhinho, o cachorro está assim com a cadela pra fazer cachorrinhos.

À noite o filho se levanta e vai até o quarto dos pais. Quando abre a porta, pega o pai e a mãe transando.

— Pai, o que você está fazendo com a mamãe?

O que faz do Michael Jackson uma pessoa incomum?
O menino que ele tem dentro dele.

— Calma, filhinho, eu e sua mãe estamos fazendo um irmãozinho.

— Ah, pai, então vai por trás que nem o cachorro, que eu não quero irmãozinho não, eu prefiro um cachorrinho.

A professora divide a classe em dois grupos e decide fazer uma disputa com perguntas. Para que Joãozinho não lhe encha o saco, ela o coloca no grupo dos inteligentes. Aproveitando-se disso, ele grita para o outro grupo:
— Nós vamos arrasar com vocês, cambada de idiotas!
A professora suspira e começa as perguntas...
— Quem descobriu a América?
O grupo de Joãozinho responde:
— Cristóvão Colombo, professora!
E o Joãozinho grita:
— Eu não falei? Bando de orelhudos. 1 a o!
A professora lhe repreende:
— Fique quieto, Joãozinho! Vamos continuar. Segunda pergunta: Que idioma se fala na Espanha?
O grupo de Joãozinho responde:
— Espanhol, fessora!!!
Joãozinho:
— Viram só, seus filhos d'uma égua. 2 a o!
A professora lhe repreende:
— Mas será que dá pra manter essa boca fechada, Joãozinho? Vamos à terceira pergunta: Como Cristóvão Colombo chegou à América? — O grupo de Joãozinho responde:
— Nas caravelas, professora!
Joãozinho, emocionadíssimo, disse:
— Eu bem que avisei, seus sacos de merda. 3 a 0!!!

A professora, já descontrolada, grita:
— Joãozinho! Levanta e sai, porra!
Joãozinho responde:
— Essa eu sei! O pênis, fessora. 4 a 0, seus babacas!
A professora, indignada, volta a gritar:
— Joãozinho, sai e não volta mais!!!
Joãozinho, exultante, responde:
— O cocô, professora. Ah, ah, ah, se ferraram. 5 a 0!!!
A professora, desesperada, grita:
— Pela última vez, Joãozinho. Sai e só volta em um mês!
Joãozinho, feliz da vida, responde:
— A menstruação, tia. 6 a 0, seus otários! Hip, hip, hip hurra!
Ganhamoooosss!

A professora estava perguntando na turma de que cada uma das crianças mais gostava.
— Ritinha, do que é que você mais gosta?
— Das flores, professora.
— Que gracinha, e você, Mariazinha?
— Do céu, professora.

**O que a Disney e o Viagra têm em comum?
Nos dois você espera uma hora
por dois minutos de diversão.**

— Que lindo... E você, Soninha?
— Das borboletas, professora.
— Que maravilha... E você, Joãozinho?
— Ah, professora, eu gosto é de buceta!
— O quê? — assustou-se a professora.
— É, professora; eu gosto mesmo é de buceta!
— Seu sem-vergonha! Vem cá!

A professora pegou o Joãozinho pela orelha e foi arrastando o moleque até a sala da diretora:

— Imagine só: eu estava fazendo uma brincadeira com as crianças na sala, perguntando do que elas mais gostavam, e esse menino vem e me diz que gosta de buceta!
— Como é que é, Joãozinho?
— É, diretora; eu gosto é de buceta!
— Seu mal-educado! Vou já chamar o seu pai!

E chamou o pai de Joãozinho na escola. O homem chegou lá apavorado, querendo saber o que tinha acontecido... E a diretora:

— Imagine o senhor que a professora estava fazendo uma brincadeira com as crianças, perguntando do que elas mais gostavam, e seu filho me responde que gosta de buceta!
— Ah, é isso? Liga não, diretora... Garoto novo... Nunca comeu um cu!

A menininha viu o menininho fazendo xixi.
— Ih, os meninos fazem xixi por um canudinho!
— É.
— As meninas fazem xixi por um buraquinho. Será que todos os homens fazem xixi por um canudinho e as mulheres fazem xixi por um buraquinho?

— Não — respondeu o menininho. — Outro dia eu vi a empregada fazendo xixi e ela não faz xixi por um buraquinho.
— Por onde ela faz xixi?
— Por uma escova!

O sujeito estava tomando banho de sol peladão numa praia deserta. Mas a praia não era tão deserta assim, e uma menininha se aproximou. Apontando pro bingulim do homem, perguntou:
— O que é isso?
— Isso é o meu passarinho — respondeu o cara.
A menina saiu e foi brincar na areia. O homem adormeceu. Só acordou no hospital morrendo de dor, sem ter a menor idéia do que tinha acontecido. Ele se lembrou da menininha e assim que saiu do hospital a procurou para saber o que ocorrera. A menininha explicou:
— Eu fui brincar com o passarinho, aí ele me cuspiu na cara. Aí eu torci o pescoço dele, desfiz o ninho e ainda quebrei os ovinhos!

Quando você sabe que a sua mulher está realmente morta?
A sua vida sexual continua a mesma, mas a pilha de pratos sujos na pia cresceu.

A professora pergunta pro Joãozinho:
— Qual será sua profissão, Joãozinho?
— Vou ser Analista de Sistemas!
— E o que o Analista de Sistemas faz?
— Bebe cerveja, anda de moto e come a mulherada...
— Joãozinho! Vá agora mesmo para a diretoria!!!
Depois de um bate-papo com a diretora, Joãozinho vai para casa.
Estranhando o filho chegando em casa mais cedo, a mãe pergunta:
— Por que chegou mais cedo, meu filho?
— Porque falei que vou ser Analista de Sistemas...
— E qual é o problema? O que o Analista de Sistemas faz?
— Bebe cerveja, anda de moto e come a mulherada...
— Joãozinho! Vá para o quarto agora!
Joãozinho fica de castigo, pensa, pensa e volta a falar com a mãe:
— Mãe?... Eu pensei melhor e mudei de idéia. Agora eu vou ser Analista de Sistemas Júnior!
— E o que o Analista de Sistemas Júnior faz?
— Toma guaraná, anda de bicicleta e bate punheta!

O caminhoneiro vê uma freira na estrada pedindo carona e resolve ajudá-la. Depois de seis horas de viagem e muita conversa, chegam ao destino da freira. Antes de descer, a freira comenta:
— O senhor me deu uma carona, ficamos seis horas juntos, conversando, mas ainda não sei o seu nome...
O homem vira-se para a freira e diz:
— Bom, meu nome é aquilo que a senhora segura todas as noites em suas mãos, antes de dormir.

Qual é a maneira politicamente correta de se chamar uma lésbica?
Vaginetariana.

E a freira, um tanto envergonhada:
— Muito obrigada, Sr. Pinto!
E o caminhoneiro:
— Meu nome é Rosário!

Três sujeitos estavam pescando na beira de um lago. De repente, eles avistam um cara andando pelas águas. Era Jesus Cristo em pessoa. Os caras ficam surpresos com o milagre. Jesus percebe que o primeiro sujeito está bem curvado.
— Você tem algum problema nas costas, meu filho?
— Ai, meu senhor Jesus Cristo, eu sofro de uma dor nas costas terrível há anos.
Jesus colocou as mãos nas costas do sujeito, que imediatamente ficou curado.
Então Jesus viu que o segundo cara usava óculos:
— Você tem problemas de visão, meu filho?
— Ai, meu senhor Jesus Cristo, eu tenho dez graus de miopia, não enxergo quase nada!
Jesus colocou as mãos sobre os olhos do sujeito, que imediatamente ficou curado, enxergando tudo perfeitamente. Jesus viu então que o terceiro sujeito usava muletas.
— Você tem problemas nas pernas, meu filho?
— Vira essa mão pra lá que foi por causa desse machucadinho que eu me aposentei por invalidez!

A freira estava andando pela rua quando de repente uma loura numa Ferrari vermelha espetacular lhe ofereceu carona. A freira, agradecida, aceitou e entrou no carro.

— Que belo carro a senhora tem! — comentou a irmã. — Deve ter trabalhado muito para tê-lo comprado, não é mesmo?
— Não foi bem assim não, irmã! — respondeu a loura. — Na verdade, eu ganhei de um empresário que dormiu comigo por um tempo!
A freira não disse nada. Então ela olhou para o banco traseiro e viu um belo casaco de *vison*:
— O seu casaco de peles é muito bonito! Deve ter custado uma fortuna, hein?
— Na verdade, não me custou nada... Ganhei por causa de algumas noites que eu passei com um jogador de futebol...
Então a freira não falou mais nada durante toda a viagem. Chegando ao convento, ela foi pro quarto. De noite, alguém bateu na porta.
— Quem é?
— Sou eu! O padre Afonso!
— Vai embora, padre! Nem me apareça com suas balinhas de menta!

Qual é a diferença entre um boneco de neve e uma boneca de neve?
As bolas de neve.

O cara vai à igreja para se confessar:
— Meu filho, quais são seus pecados?
— Padre, eu comunguei há três anos.
— Ok, meu filho, e quais são seus pecados?
— Eu comunguei há três anos.
— Está bem meu filho, eu sei que você comungou há três anos. Isso não é pecado! Conte-me seus verdadeiros pecados.
— Padre, estou lhe dizendo: EU COMO UM GAY HÁ TRÊS ANOS.

O sujeito, transtornado, chega a uma igreja e entra esbaforido no confessionário.
— Padre, preciso me confessar!
— Pois não, meu filho. Quais são seus pecados?
— Fui infiel à minha esposa, padre... Eu sou um grande produtor de televisão e, na semana passada, traí minha querida esposa... comi a Sheila Carvalho! E esta semana... cometi mais uma vez o pecado do adultério: tracei a Deborah Secco.
— Lamento, filho, mas não posso dar-lhe a absolvição.
— Mas por quê, padre? Eu, por acaso, não mereço perdão? A misericórdia do Senhor não é infinita?
— Sim, filho, a misericórdia de Deus é infinita. Mas é ruim dele acreditar que você esteja arrependido!

A "barriga" do padre crescia cada vez mais. Depois de um exame, os médicos concluíram por uma cirurgia. A cirurgia mostrou que era mero acúmulo de líquidos, e o problema foi sanado. Os estudantes resolveram aprontar e, quando o padre estava acordando, após a cirurgia, eles colocaram um bebê em seus braços. O padre, espantado, perguntou o que era aquilo, e os rapazes disseram que era o que ele tinha na barriga. Passado o espanto e tomado de ternura, o padre abraçou a criança e não quis mais se separar dela. Como se tratava de um filho de mãe solteira que morrera durante o parto, os rapazes envidaram todos os esforços para que o padre ficasse com a criança. Os anos passaram e a criança se transformou num homem que se formou em medicina. Um dia o padre, já velhinho e sentindo que estava chegando sua hora de partir, chamou o rapaz e disse:

— Meu filho! Tenho o maior segredo do mundo pra te contar, mas tenho medo que você fique chocado.

O rapaz, que já havia intuído de que se tratava, disse compreensivo:

— Já sei. Adivinhei há muito tempo. O senhor vai me dizer que é meu pai.

— Não, meu filho, sou tua mãe! Teu pai é o bispo de Botucatu.

Dois bandidos conversando sobre religião.
— Eu rezo toda noite pra ganhar um carro.
— Ih, mané, Deus não trabalha desse jeito não!
Tu rouba um carro primeiro,
depois tu reza pra Deus te perdoar.

Seu Garcia era dono de uma fábrica de pregos. Depois de fazer sucesso no Brasil, ele resolveu expandir os negócios, abriu uma filial na Itália e criou uma propaganda especial para aquele país. O cartaz trazia uma ilustração de Cristo crucificado, com a seguinte frase:
— PREGOS GARCIA, dois mil anos de garantia!

A reação foi imediata. O papa o chamou ao Vaticano, explicou que o povo italiano era muito religioso, que foram muitas reclamações e solicitou que seu Garcia retirasse os cartazes. Seu Garcia atendeu e fez um novo *outdoor*. Desta vez o Cristo crucificado tinha uma das mãos soltas, acenando, com a seguinte frase:
— Você sabe qual dos PREGOS era GARCIA?

O papa chamou novamente seu Garcia ao Vaticano, mas desta vez não foi nem um pouco simpático e ameaçou-o de excomunhão caso ele não retirasse os cartazes.

Seu Garcia voltou para a sua empresa e criou um novo cartaz: a imagem era a cruz no alto do Calvário, porém sem ninguém pregado, com a seguinte frase:
— Se os PREGOS fossem GARCIA, o cara não fugiria!

A velhinha morava sozinha com o seu gato num apartamento conjugado. Um dia, quando ela estava lavando a louça, saiu de dentro do ralo da pia um gênio.

— Eu te concedo três desejos — disse o gênio.

— Ai, meu Deus! — a velhinha ficou excitada. — Primeiro, eu quero ter 20 anos novamente.

O gênio a transformou numa bela jovem de 20 anos.

— Eu quero morar num apartamento de quatro quartos luxuosíssimo!

Qual é a semelhança entre um entregador de pizza e um ginecologista?
Os dois podem cheirar, mas não podem comer.

Dito e feito. O gênio transformou o conjugado furreca da velha num apartamento espetacular.

— E terceiro... eu quero que o meu gato se transforme num príncipe!

Pronto! O gato virou um príncipe e o gênio sumiu. Então o príncipe se virou para a jovem e, desmunhecando, falou:

— Agora você vai finalmente se arrepender de ter me castrado!

Um *punk* todo tatuado, cheio de *piercings*, com o cabelo enorme, metade verde e metade azul, entrou num ônibus. Um velhinho que estava sentado em frente ao *punk* não parava de olhar pra ele. Uns quinze minutos se passaram quando o *punk* se virou pro velho e falou com cara de mau:

— Qualé, ô velho! Que que tá olhando?

— É que quando eu era jovem, eu era meio maluco assim que nem você. Uma vez eu fiquei tão doidão que transei com um papagaio. Por isso que eu tô te olhando: de repente você é meu filho!

Um velhinho estava sentado num banco de praça chorando. Um rapaz viu as lágrimas do velhinho e teve pena; se aproximou e perguntou:

— Por que você está chorando, meu bom velho?

— É que eu sou casado com uma loura escultural que me paga dois boquetes por dia e faz sexo comigo assim que eu entro em casa cansado do trabalho.

— E com uma vida sexual dessas o senhor ainda chora?

— É que eu não me lembro onde é que eu moro!

O velhinho estava em pé no ônibus e ninguém lhe cedia o lugar. Ele tentava se equilibrar com a sua bengala, mas numa curva mais forte ele não conseguiu se segurar e se estatelou no chão. Um menino que estava sentado virou-se pro velhinho e falou:

— Se o senhor colocasse uma borracha na ponta da bengala, não tinha caído!

O velho respondeu:

— Se o seu pai tivesse feito o mesmo uns dez anos atrás, hoje eu teria um lugar pra sentar.

Um dia, um rapaz entrou numa lanchonete e, enquanto esperava na fila para comprar seu lanche, começou a reparar o comportamento de um casal de velhinhos que estava sentado numa mesa. O velhinho pegou um sanduíche e dividiu ao meio, colocando uma metade no seu prato e a outra no prato da velhinha. Depois ele contou as batatas

Por que é tão difícil para a mulher solteira achar um cara sensível, carinhoso e bonito? Porque eles já têm namorado.

fritas e colocou metade em cada prato. Então ele entornou metade do refrigerante num copo extra e deu pra velhinha. Pegou um guardanapo, partiu em dois, ficou com uma metade e deu a outra metade pra velhinha. Então o velhinho começou a comer, enquanto a velhinha esperava. O rapaz, consternado, se ofereceu para pagar um lanche para os dois, mas o velhinho recusou.

— Não, obrigado. Nós somos casados há 50 anos e sempre foi assim. Nós dividimos tudo!

O rapaz olhou pra velhinha e perguntou:

— E a senhora, não vai comer?

— Claro que vou! Eu estou só esperando ele acabar de usar a dentadura.

O casal idoso estava fazendo o *check in* num hotel em Las Vegas, quando o cara foi abordado por uma moça.

— Oi, eu me chamo Brigite. Tudo bem?

O sujeito a dispensou, tratando a moça rispidamente, e ela foi embora. A sua mulher, que assistia à cena, ficou indignada.

— Isso é jeito de tratar a moça?

— Mas, meu bem, ela era uma prostituta!

— Aquela menina com carinha de anjo?

— Você não acredita? Quando chegar ao quarto, eu provo pra você.

Quando eles chegaram ao quarto, a primeira coisa que o cara fez foi ligar pra recepção e pedir pra Brigite subir.

— Agora você vai pro banheiro e fica com a porta aberta pra ouvir a nossa conversa — ele instruiu a mulher.

Quando a tal da Brigite chegou, ele perguntou:

— Quanto você cobra?
— Completa é 100 dólares.
— Nossa, é muito caro. O que você faz por 10 dólares?
— Você tá brincando se acha que eu faço qualquer coisa por esse preço! — a prostituta se mandou furiosa.
— Tá vendo? — o cara falou pra mulher — Agora você acredita que ela é prostituta ou não?
— É, é verdade — admitiu a mulher.
À noite, o casal foi jantar. Quando eles estavam tomando uns drinques no bar, o cara sentiu alguém o cutucando. Ele olhou pra trás e era Brigite, a prostituta, que falou baixinho no seu ouvido.
— Tá vendo o que você consegue por 10 dólares?

Você sabe qual é a história da nova versão do filme "O exorcista"?
Eles chamam o diabo pra tirar o padre de dentro do menino.

Uma mulher está na cama com o amante quando ouve o marido chegar.

— Depressa, fica de pé ali no canto — ordena ela ao amante.

O cara obedece e a mulher cobre o corpo do amante com óleo e joga talco por cima.

— Não se mexe até eu mandar. Finge que é uma estátua. Eu vi uma igualzinha na casa dos Almeida!

Nisso, o marido entra e pergunta:

— O que é isso?

Ela, fingindo naturalidade:

— Isso? Ah, é só uma estátua. Os Almeida botaram uma no quarto deles. Gostei tanto, que comprei esta igual para nós.

E não se falou mais da estátua. Às duas da madrugada, a mulher já está dormindo e o marido ainda vendo televisão. De repente, o marido se levanta, caminha até a cozinha, prepara um sanduíche, pega uma latinha de cerveja e vai para o quarto. Ali, se dirige para a estátua e diz:

— Toma, come e bebe alguma coisa, seu filho-da-puta! Eu fiquei dois dias que nem um idiota no quarto dos Almeida e nem um copo de água me ofereceram!

Um sujeito vai se confessar.
— Padre, eu confesso que faço sexo 15 vezes por dia. É pecado?
— Não, meu filho. Pecado é mentir.

O sujeito chega à loja de materiais esportivos para comprar uma nova luneta para seu rifle. Ele pede ao proprietário que lhe mostre a melhor luneta que ele tem à venda.

— Essa aqui é muito boa — diz o homem. — É tão boa que se você mirar agora naquela direção, você vai conseguir ver a minha casa, que fica a mais de três quilômetros daqui!

O rapaz então olha pela mira na direção apontada pelo vendedor e, nisso, começa a rir.

— Do que você tá rindo? — pergunta o vendedor.

— É que eu estou vendo um homem pelado correndo atrás de uma mulher que está pelada também...

O vendedor pega a luneta da mão do rapaz, olha para sua casa e, em seguida, entrega duas balas de rifle para o rapaz, dizendo:

— Vamos fazer um trato: lhe dou a luneta de graça se você acertar um tiro na cara da minha mulher e outro no pênis desse sujeito desgraçado.

O rapaz olhou, mirou e, antes de atirar, se voltou para o vendedor, rindo novamente:

— O que é que eu ganho se eu fizer isso com um tiro só?

Desde o primeiro dia de casamento, o cara pedia à mulher para fazer sexo anal, mas ela nunca aceitava. Certo dia, quando ele chegou mais cedo do serviço, encontrou a mulher fazendo um sexo anal violento com o seu melhor amigo. Não acreditando no que havia visto, saiu sem que eles percebessem e foi encher a cara no bar. Lá ele encontrou um bêbado, com quem desabafou. Contou toda a história. O bêbado escutou pacientemente o corno terminar de falar e respondeu:

— É, companheiro... A vida é assim! Olha só o meu caso, por exemplo: outro dia eu tava viajando de ônibus e de repente fiquei com vontade de cagar... Aí fui no banheiro, fiz força pra cagar e só peidei... Quando voltei pro meu lugar, me deu uma vontadezinha de peidar; aí fiz força pra peidar e caguei...

— Pô, meu irmão! — protestou o corno — Eu desabafo com você, espero um bom conselho e você me vem com esse papo de peidar e cagar?

— Só tô tentando te mostrar como é a vida, cara... A gente não pode confiar nem no cu da gente! Imagina no dos outros...

Às três da manhã, a menina foi pro quarto da mãe e pediu:
— Manhê, eu não consigo dormir. Me conta uma história.
— Deixa o seu pai chegar que ele vai contar uma história pra nós duas.

Xingamentos para insultar

Seu pai é tão feio, que, quando ele vai ao banco, desligam o sistema interno de TV.

Seu irmão é tão feio, que, quando senta na areia, o gato tenta enterrar ele.

Sua mãe é tão gorda, que ela não tem tábua de passar, ela passa a roupa dela na estrada.

Sua mãe é tão gorda, que, quando ela levou um vestido pra lavanderia, o pessoal disse: "Desculpe, nós não lavamos cortinas..."

resquinhos
vizinhança

Tua cara é tão feia, que parece que teu pescoço vomitou.

Sua mãe é tão gorda, que ela tem um CEP só pra ela.

Seu irmão é tão imundo, que, quando ele quer fazer dieta, ele toma um banho.

Sua irmã é tão gorda, que ela usa uma antena parabólica como diafragma.

Sua namorada é tão burra, que, quando ela usou um vibrador pela primeira vez, quebrou os dois dentes da frente.

Dois homossexuais conversando:
— Menino, não sabe da última! Fiz uma circuncisão!
— Jura? Deixa eu ver!

O primeiro viadinho baixou as calças e mostrou a sua nova peça para o outro, que ficou deslumbrado:
— Nossa! Ficou ótimo! Parece que remoçou uns dez anos!

Desconfiado das atitudes do filho, o pai leva o garoto ao psicólogo para descobrir se o seu menino era homossexual. O doutor então começa a conversar com o menino:
— Qual o vegetal de que você mais gosta?
"Ai, meu Deus", pensa o pai, "ele vai dizer cenoura, pepino."
— Chuchu — responde o menino com convicção.
"Ufa!", pensa o pai.

— Qual seu número preferido?
"24, esse menino vai dizer 24, ai, meu Deus"
— 11 — responde prontamente o menino.
"Ufa!", pensa aliviado o pai.
— Qual o animalzinho que você gostaria de criar?
"Cordeirinho, carneirinho, viadinho, ai meu Deus, o que esse menino vai responder?!"
— Jacaré — diz o filho. Mais uma vez o pai fica aliviado com a resposta.
— O que você quer ser quando crescer?
"Cabeleireiro, alfaiate, estilista", pensa o pai.
— Juiz — responde o filho.
— De que fruta você mais gosta?
— Jabuticaba — afirma o menino.
O moleque deixa a sala, e o pai, aliviado, diz para o médico:
— Meu filho não é *gay*, não é, doutor?
E o doutor responde:
— Seu filho é *gay* assumido, viadão mesmo!
— Mas como, doutor?
— Chuchu dá o ano inteiro... 11 é um atrás do outro... Jacaré se defende dando o rabo... Juiz vive na vara, e jabuticaba é a única fruta que nasce e morre grudada no pau...

**Qual é a diferença entre um parto e um argentino?
Um é uma experiência dolorosíssima e insuportável. O outro é só ter um filho.**

Noé estava preocupado porque o clima em sua arca era de puro sexo. Os animais mandavam ver, faziam sexo o tempo todo. Então Noé resolveu organizar a suruba: deu uma ficha para cada casal, onde estava escrita a hora em que eles podiam fazer amor. A arca, então, ficou mais calma. Passaram-se alguns dias e o macaco falou pra macaca:
— Na quarta-feira, às quatro horas, você vai sofrer.

RECÉM-SEPARADO — Passar a mulher pra trás é fácil. Difícil é passar a mulher pra frente!

A todo momento, o macaco chegava perto da macaca e dizia:

— Na quarta-feira, às quatro horas, você vai sofrer.

Até que a macaca encheu o saco daquilo e reclamou com Noé.

— Noé, eu não agüento mais. O macaco tá me enchendo o saco com esse negócio de que eu vou sofrer na quarta-feira. Pede pra ele parar com isso, por favor!

Noé procurou o macaco e perguntou:

— Ô macaco, que negócio é esse de que a macaca vai sofrer na quarta-feira?

Depois de enrolar um pouco, o macaco acabou confessando:

— É que eu perdi a minha ficha jogando pôquer com o burro.

O rei leão estava duro e resolveu abrir um bordel na selva para levantar uma grana. Só tinha um problema: tinha que arrumar as garotas. Saiu caminhando pela floresta e encontrou a macaca.

— E aí, macaca, quer trabalhar na minha zona?
— Eu não sou dessas!

O leão ficou meio puto, mas seguiu andando pela floresta. Encontrou a girafa.

— Quer trabalhar na minha zona?
— Não! De jeito nenhum!

O leão já estava perdendo a paciência, quando encontrou a cobra. Ele gritou:

— Quer trabalhar na minha zona?

— Depende. Como é que é o pagamento?

— 50 por cento pra você, 50 por cento pra mim.

— Bom, tá legal.

Então a cobra foi trabalhar na zona do leão. Pintou os lábios, colocou uma minissaia e ficou esperando o primeiro cliente. Depois de um tempo chegou o rato, a fim de um programa.

— Quanto é? — perguntou o rato.

— Completa é 50 reais.

O rato topou. Foram para o quarto, o rato tirou a roupa, a cobra também ficou pelada. Então a cobra olhou aquele ratão e pensou:

— Que programa que nada! Vou é almoçar esse rato.

A cobra então engoliu o rato inteiro. Depois de um tempo, a cobra se arrependeu.

— Caraca! Se o leão descobre que eu comi o primeiro cliente, ele me mata!

Ela então tomou ar, fez uma força danada e conseguiu, depois de muito esforço, cuspir o rato de volta. O rato saiu voando, bateu na parede e caiu estatelado no chão. Então ele se levantou e com um sorriso nos lábios disse:

— Caralho!! Isso é que é uma mamada!

Não use o álcool como substituto do sexo. Você pode ficar com o bilau entalado no gargalo da garrafa.

Deus criou o mundo em seis dias. No sétimo dedicou-se a ouvir as reclamações.

A primeira a apresentar protestos foi a girafa:

— Mas que porcaria! Este meu pescoço enorme é ridículo!

— Calma, dona Girafa! Tudo foi muito bem pensado. Com esse pescoço comprido, além da senhora poder comer as folhas mais tenras, do alto das árvores, vai poder perceber a aproximação do inimigo antes dos outros animais e assim se defender.

A girafa ouviu as explicações e ficou convencida de que Deus, afinal, tivera uma boa idéia. Logo depois, entrou o elefante, injuriado:

— Puxa vida! Eu sou muito gordo e tenho esta tromba toda na minha cara. Isto é perseguição!

Deus, pacientemente, explicou:

— Com esse tamanho todo, nem o leão, que é o rei da selva, terá coragem de o enfrentar e, além do mais, graças a essa tromba, você é o único animal que pode tomar banho de chuveiro...

O elefante ponderou e chegou à conclusão de que Deus tinha razão. O terceiro bicho da fila era a galinha, que já entrou metendo o pé na porta:

— Não quero saber de explicações! Ou diminui o tamanho do ovo ou aumenta o tamanho do buraco!

Um sujeito resolve comprar um animal de estimação. Ele entra numa loja e vê um pequeno papagaio sem patas, sentado no poleiro de uma gaiola. O sujeito se assusta:

— Nossa! Um papagaio sem patas! — O cara fica ainda mais assustado quando ouve o papagaio falar:

— Eu nasci assim. Sou um papagaio defeituoso.

— Nossa! Acho que tô ficando maluco. Eu podia jurar que ouvi o papagaio falar!

— Fui eu mesmo quem falou — responde a ave. — Sou um pássaro muito inteligente, educado e altamente culto.

— Caraca! Quer dizer que você me entende e pode responder a tudo que eu lhe perguntar?

— Claro. E falo também inglês, francês e alemão. Posso manter conversações sobre praticamente qualquer assunto: política, religião, esportes, física, química, artes, filosofia...

— E como é que você consegue ficar neste poleiro sem cair, já que não tem patas?

— Bem — explica o papagaio—, é um tanto embaraçoso, mas... bom, eu enrolo meu pênis como um gancho em volta

O que é um urologista?
Um sujeito que olha com desprezo,
segura com nojo e cobra como
se tivesse dado uma chupada.

da barra horizontal. O senhor não pode vê-lo porque está escondido por minha plumagem. Por que o senhor não me compra? Sou uma companhia muito agradável. — O sujeito fica impressionado com o papagaio falante perneta e acaba comprando o bicho. E não se arrepende; o papagaio é sensacional. Ele é divertido, interessante, entende de tudo, dá conselhos ótimos. O sujeito está deslumbrado. Um dia ele volta do trabalho e o papagaio sussurra:

— Olha, eu não sei se deveria lhe contar... Mas é a respeito de sua mulher e do zelador.

— O quê? — estranha o sujeito.

— Bem — conta o papagaio—, quando o zelador tocou a campainha de manhã, sua mulher atendeu. Ela estava apenas de camisola transparente e o beijou na boca.

— E o que aconteceu depois?

— O zelador entrou e fechou a porta. Ele arrancou a camisola e começou a beijá-la. Começou pelos seios e foi descendo devagarinho.

— Meu Deus! E que mais?

— Aí ele a sentou no sofá, abriu as pernas dela, se ajoelhou e enfiou a cara. E começou a lambê-la. Primeiro devagar, depois mais rápido.

O papagaio faz uma pausa. O dono se impacienta:

— E depois? O que aconteceu? Vamos, conta!

— Aí não sei mais. Eu fiquei de pau duro, caí do poleiro e fiquei desmaiado até você chegar.

Numa mata, uma perereca preparava-se para comer uma mosca, quando um sapo, que observava a cena, disse:

— Perereca, não come já a mosca! Espera que a abelha a coma, depois você come a abelha. Você vai ficar melhor alimentada.

A perereca assim fez. Passados alguns segundos, veio a abelha, que comeu a mosca. A perereca preparou-se, então, para comer a abelha, mas o sapo interrompeu novamente:

— Perereca, deixa de ser boba! Não come a abelha! Ela vai ficar presa na teia da aranha. A aranha vai comê-la, então você come a aranha e vai ficar melhor alimentada.

A perereca de novo esperou. A abelha levantou vôo, caiu na teia da aranha, veio a aranha e a comeu. A perereca preparou-se para saltar sobre a aranha, mas de novo o sapo falou:

— Perereca, não seja precipitada! Daqui a pouco vai chegar um pássaro que vai comer a aranha, que comeu a abelha, que comeu a mosca. Tu come o pássaro e vai ficar melhor alimentada.

A perereca, reconhecendo os bons conselhos do sapo, aguardou. Logo depois, chegou o pássaro, que comeu a aranha. Entretanto, começou a chover, e a perereca, ao atirar-se sobre o pássaro, escorregou e caiu numa poça

Qual é a semelhança entre um avião caindo e uma menina de 12 anos? Nos dois a coisa está começando a ficar cabeluda.

d'água. Neste momento, uma cobra que passava por lá engoliu o pássaro e sumiu mata adentro.

MORAL DA HISTÓRIA: Quanto mais tempo duram as preliminares, mais molhada fica a perereca. Porém, cuidado! Se tu não comer, vem outro e come!

O policial atendeu o telefone e foi anotando o pedido de socorro:
— Por favor, socorro! Mandem alguém urgente, porque entrou um gato em casa!
— Mas como assim um gato em casa?
— Um gato, porra! Ele invadiu minha casa e está caminhando em minha direção! Socorro!
— Mas qual é o problema de um gato entrar em sua casa? Por favor, identifique-se! Quem está falando aí?
— É o papagaio, caralho!

Uma senhora levou sua cachorrinha *schnauzer* ao veterinário, porque reparou que ela não estava ouvindo direito. Depois de examinar a cadelinha, o veterinário concluiu que ela tinha muitos pêlos nos ouvidos, e aconselhou a senhora a aplicar-lhe um creme depilatório. A senhora foi à farmácia para comprar o produto. Assim que lhe entregou o remédio, o farmacêutico avisou:

— Se é para depilar debaixo dos braços, não use desodorante por alguns dias.

— Não, não é para usar debaixo dos braços — respondeu a senhora. O farmacêutico continuou:

— Se é para depilar as pernas, não use creme com álcool durante alguns dias.

A senhora, já meio irritada, respondeu:

— Não, não é para usar nas pernas. Se quer saber, é para usar na minha *schnauzer*.

O farmacêutico respondeu-lhe:

— Então, é melhor não andar de bicicleta durante alguns dias.

HOMEM 1- Você prefere fuder ou se masturbar?
HOMEM 2- Fuder.
HOMEM 1- Por quê?
HOMEM 2- Sei lá. A gente conhece pessoas...

Louras, louraças, lourudas, lourosas e outras oxigenadas

A loura estava tentando tirar a tampa da Coca-Cola e não conseguia.

— Que inferno!

O dono do bar explicou:

— Você tem que torcer.

E a loura, batendo palmas, gritou:

— Tam-pi-nha! Tam-pi-nha! Tam-pi-nha!...

Uma loura encontra uma amiga, também loura. As duas não se viam há muito tempo:

Loura: — Menina, como você está diferente! Cortou o cabelo... tá moderna...

Amiga: — É...

Loura: — Tá mais magra... bonita...
Amiga: — É...
Loura: — Então, me conta, o que você tem feito?
Amiga: — Eu tô fazendo quimioterapia.
Loura: — Ah que legal! Na PUC ou na Federal?

O que a bandeja disse à cerveja?
Que cu frio, hein, loura!

O sujeito voltava do enterro da sogra e resolveu passar num boteco para comemorar. Duas horas depois, já bastante embriagado, ele estava voltando para casa e, ao passar perto de um edifício em construção, é surpreendido por um tijolo que cai a poucos centímetros de seus pés.
— Caraca! E não é que aquela desgraçada já chegou no céu!

— Querido, onde está aquele livro: *Como viver 100 anos*?
— Joguei fora!
— Jogou fora? Por quê?
— É que a sua mãe vem nos visitar amanhã e eu não quero que ela leia essas coisas!

Um sujeito chega em casa depois de visitar a sogra no hospital. Ele encontra a mulher, que pergunta ansiosa:
— Então, como é que mamãe está?
— Eu acho que ela vai vir morar aqui.
— Por quê?
— Quando eu perguntei pro médico como ela estava, ele respondeu: infelizmente, o senhor pode esperar o pior!

Ao retornar para casa, depois do trabalho, o sujeito vai direto para o quarto e encontra a mulher enrolada nos lençóis. Sem pestanejar, ele tira a roupa, entra embaixo dos lençóis e traça a mulher sem perdão. Depois, resolve ir à cozinha comer alguma coisa. Quando chega lá, dá de cara com sua mulher, em frente ao fogão, preparando o jantar.
— Como foi que você conseguiu ser tão rápida? Acabamos de fazer amor lá em cima.
— Oh, meu Deus! — grita ela. — Era minha mãe. Mamãe veio me visitar, não se sentiu bem e eu disse a ela que se deitasse um pouco na nossa cama. — Então ela vai imediatamente para o quarto e dá uma bronca na mãe:

— Ontem eu quase atropelei a minha sogra!
— Jura! O que aconteceu? O freio falhou?
— Não, o acelerador.

— Eu não consigo acreditar no que acabou de acontecer nessa cama. Por que a senhora não mandou ele parar?
— Essa é muito boa. Não dirijo a palavra ao idiota do seu marido há 12 anos!

DETETIVE: Encontramos sua sogra.
GENRO: E o que ela disse?
DETETIVE: Nada.
GENRO: Então, doutor, com certeza não é minha sogra.

Um dia o rei Salomão recebeu duas mulheres com uma questão para que ele julgasse.

— Ah, meu senhor! Somos viúvas, moramos na mesma casa e temos, cada uma, uma filha. Ora, este jovem mancebo enamorou-se de nossas filhas e, sem que a outra soubesse, prometeu casar-se com cada uma delas.

Assim falaram perante o rei. Então disse o rei:

— Tragam-me uma espada.

E trouxeram uma espada diante dele. E disse o rei:

— Dividam em duas partes o jovem e dêem a metade a uma, e metade à outra.

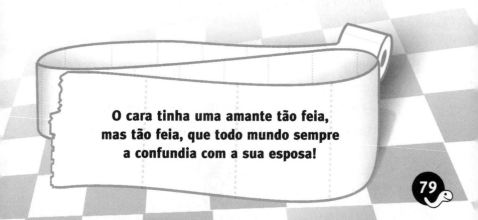

O cara tinha uma amante tão feia, mas tão feia, que todo mundo sempre a confundia com a sua esposa!

Mas uma mulher clamou e disse:
— Ah, meu senhor! Deixe o jovem ficar com a filha de minha companheira! Não derrame nenhum sangue, por favor!
A outra, porém, disse:
— Corta esse safado ao meio!
Respondeu, então, o rei:
— Que o jovem se case com a filha desta segunda mulher.
Disseram então os conselheiros do rei:
— Ó rei. Mas ela quer que ele seja cortado ao meio!
Respondeu o rei:
— Isto prova que ela é a verdadeira sogra!
Então todos admiraram a sabedoria do rei Salomão!

O cara foi ao dentista e perguntou quanto custava a extração de um dente.
— Oitenta reais.
— Isso é um absurdo! Não tem nada mais barato?
— Bom, se eu fizer sem anestesia, pode sair pela metade.
— Ainda tá caro.
— Bom, se eu fizer sem anestesia e usar um alicate pra arrancar o dente, eu posso fazer por 20 reais.
— Tá caro ainda!
— Bom, se um dos meus estagiários do primeiro ano da faculdade fizer sem anestesia e com o alicate, aí pode ficar por cinco pratas.
— Beleza! — o cara concordou. — Pode então marcar uma consulta, que a minha sogra vem amanhã!

Mulheres, peruas, galinhas e outras aves

Duas mulheres se encontram na feira. Ao passar por uma barraca, uma delas comenta:

— Ih, olha só! Essas batatas parecem os colhões do meu marido!

— Parecem porque são grandes?

— Não, porque são sujas.

Qual é a diferença entre um marido novo e um cachorro novo?
Depois de um ano, o cachorro ainda fica excitado quando te vê.

Duas peruas se encontram.
— Nossa, como você está magra!
— É sofrimento, minha amiga. Meu marido está me traindo com outra.
— E por que você não pede o divórcio?
— Agora não. Deixa eu emagrecer mais uns cinco quilos.

Um senhora perguntou às suas três filhas como queriam que fosse o membro do marido quando casassem.
— Eu queria que fosse longo e fino — respondeu a primeira filha.
— Isso é que é elegância! — disse a mãe.
— Eu queria que fosse curto e grosso! — respondeu a segunda filha.
— Isso é que é potência! — disse a mãe.
— Eu queria que fosse longo e grosso — disse a terceira filha.
A mãe, empolgada, respondeu:
— Isso é que é uma piroca!

Teresinha era um moça muito feia, coitada. Tão mocréia que nunca tinha conseguido arranjar um namorado. Um dia ela resolveu pedir auxílio a uma vidente:
— Minha filha — disse a vidente —, nesta vida você não vai ser muito feliz no amor... Mas na próxima encarnação, você será uma mulher muito cobiçada e todos os homens se arrastarão aos seus pés.
Teresinha saiu de lá muito feliz e, ao passar por um viaduto, pensou: "Quanto mais cedo eu morrer, mais cedo começará a minha outra vida!"

E decidiu atirar-se lá de cima do viaduto. Mas Teresinha não morreu... ela caiu de costas em cima de um caminhão carregado de bananas, perdendo, então, os sentidos...

Assim que se recuperou, ainda atordoada e sem saber onde estava, começou a apalpar à sua volta e, sentindo a protuberância das bananas, murmurou, com um sorriso nos lábios...

— Um de cada vez! Por favor! Um de cada vez!

A moça entra na delegacia e anuncia:

— Acabo de ser violentada por um débil mental.

— Tem certeza de que era mesmo um débil mental? — pergunta o delegado.

— Certeza absoluta. Tive que ensinar tudo para ele.

Uma mulher vai ao dentista. Assim que abre a boca e o dentista começa a trabalhar, ela aperta os bagos do dentista com toda a força.

— A senhora está pegando nas minhas partes íntimas!

— É, agora vamos ter que ter muito cuidado para não nos machucarmos um ao outro!

O que a loura disse pro seu professor de natação?
Você tem certeza de que eu não afundo se você tirar o dedo?

As mulheres e seus orgasmos

ASMÁTICA Uhh... uhhh... uhhh...

MATEMÁTICA Mais... mais... mais...

SUICIDA Eu vou morrer... eu vou morrer...

RELIGIOSA Ai, meu Deus... ai, meu Deus...

NEGATIVISTA Não... não... não...

PORNOGRÁFICA Ai caralho... que tesão...

COZINHEIRA Mexe... mexe... mexe...

CASADA A empregada ainda não limpou o lustre!

Peiadas esporrantes

O cara estava dirigindo por uma estrada a mais de 120 por hora. Vários carros estavam indo na mesma velocidade e até mais velozes do que ele. De repente, ele vê um carro da polícia rodoviária parado na estrada, fazendo sinal pra ele parar. O cara parou e o guarda falou:
— O senhor está autuado por excesso de velocidade.
— Mas seu guarda, todo mundo nessa estrada estava andando acima da velocidade permitida.
— O senhor já foi pescar no rio alguma vez?— perguntou o guarda.
— Já — o cara respondeu, estranhando.
— E o senhor conseguiu pescar todos os peixes do rio?

Um dia, Deus, olhando para a Terra, viu todo o mal que se passava nela. Assim, decidiu enviar um anjo para investigar. Chamou um de seus melhores anjos e mandou-o à Terra por algum tempo. Quando o anjo regressou, disse a Deus:

— Sim, a Terra é 95% de filhos-da-puta e 5% de pessoas boas.

Deus pensou por um momento e resolveu mandar outro anjo para ter uma segunda opinião. Assim, Deus mandou outro anjo ficar na Terra por algum tempo. Quando regressou, o anjo também disse:

— Sim, a Terra está em decadência, 95% de filhos-da-puta e 5% de pessoas boas.

Deus disse:

— Isso não está bom.

Decidiu mandar um *e-mail* aos 5% das pessoas boas que havia no mundo, para dar-lhes ânimo... para que não desistissem e seguissem adiante sem perder a fé... Sabe o que dizia o *e-mail*?

(RESPOSTA NA PÁGINA 90)

Um sujeito entra numa loja de artigos esportivos.
— Eu queria uma camisa do Vasco — o cara pediu.
— De jogador ou de juiz?

Batman e Robin foram a uma festa. Batman enfiou o pé na jaca, encheu a cara, ficou doidão, bêbado de cair. Na hora de ir embora, o homem-morcego pediu:

— Aí, ô garoto prodígio, tu dirige que eu tô mamado.

Robin ficou animadão. Ele sempre quis dirigir o batmóvel e Batman nunca deixou. Então Robin passou a primeira e arrancou. Passou a segunda, terceira, quarta, corria cada vez mais. Passou a quinta e mandou ver. Nas curvas Robin reduzia, quarta, terceira, e cantava pneu, então passava de novo a quarta, quinta e acelerava o mais que podia. Assim que chegaram à batcaverna, Batman, ainda doidão, pediu:

— Robin, me dá um beijinho...

— Santa boiolice, Batman! Que isso?

— Ah, Robin, qualé? Tu sempre soube que o batmóvel não tem marcha, que é automático!

Um vaqueiro recém-chegado do interior entrou num bar vestido a caráter: camisa de vaqueiro, chapéu de vaqueiro, calça de vaqueiro, bota de vaqueiro. Uma mulher sentou-se a seu lado.

— Você é vaqueiro mesmo? — perguntou a mulher.

— Claro! Passei a minha vida toda na fazenda, laçando touro, domando cavalos, tirando leite de vaca. Sempre fui vaqueiro! E você, é o quê?

— Eu sou lésbica. Passo o dia inteiro pensando em mulher. Acordo pensando em mulher, almoço pensando em mulher, tomo banho, vejo TV, trabalho, faço tudo só pensando em mulher.

Um tempo depois, a mulher vai embora, e um sujeito senta ao lado do vaqueiro.

— Você é vaqueiro mesmo? — o cara puxa assunto.

— Meu amigo, até hoje eu sempre achei que era um vaqueiro. Mas agorinha mesmo eu acabei de descobrir que na verdade eu sou lésbica.

PACIENTE: Doutor, ontem eu comi ovos e hoje estou com dor no fígado.
MÉDICO: Bom, é melhor do que comer fígado e ficar com dor nos ovos!

O cara encontrou um amigo.
— E aí, tudo bem?
— Mais ou menos. O problema é o meu irmão. Ele pensa que é cachorro. Acorda e come comida de cachorro no café da manhã. No almoço, come comida de cachorro e no jantar também, só come comida de cachorro.
— Que chato, rapaz!
Um mês depois, eles se encontraram de novo.
— E aí, como vai o seu irmão?
— Meu irmão morreu!
— É mesmo? Eu não sabia que comida de cachorro podia matar...
— Não, ele não morreu por causa da comida de cachorro.
— Que coisa, rapaz. Então não teve nada a ver com a mania de cachorro que ele tinha?
— Não, foi a maldita mania de cachorro que matou ele mesmo. Ele quebrou a espinha tentando lamber o cu.

Sabe o que estava escrito no e-mail *de Deus*?
Não?
Ih, o e-mail *não chegou para você não*?
Que merda, hein!

Um trompetista foi contratado para fazer fundo musical de um filme pornô. O cara, meio fodido de grana, aceitou o trabalho. No dia da estréia, o trompetista, constrangido, foi assistir ao filme. Entrou no cinema completamente sem jeito e se sentou na última fila, ao lado de um casal de velhinhos. O filme começou e tinha de tudo: sexo oral, sexo anal, homem com mulher, mulher com mulher, mulher com cachorro, uma tremenda fudelança. O cara, completamente embaraçado, virou-se para o velhinho ao seu lado e falou:

Qual é o maior dilema para um judeu?
Presunto grátis.

— Eu compus a trilha sonora, só vim pra ouvir a música do filme.

O velhinho respondeu:

— Nós também só viemos pra ver o nosso cachorro.

Um dia, Pinóquio estava na cama com a sua namorada mandando ver, quando de repente a moça deu um grito:

— Aiii! Pinóquio, assim não é possível! Toda vez que a gente transa, eu acabo ficando com uma farpa sua em mim!

Pinóquio ficou preocupado com aquilo. Ele não queria machucar sua namorada. Então ele procurou seu mestre, Gepeto, para pedir conselhos. Gepeto acalmou Pinóquio e lhe deu uma lixa, recomendando que ele lixasse todo dia o seu bingulim, que assim não deixaria farpas quando ele transasse. Uma semana depois, Gepeto foi à loja comprar material de trabalho. Quando lá chegou, deu de cara com Pinóquio comprando todas as lixas da loja. Gepeto comentou com um risinho:

— Nossa, Pinóquio, as coisas devem estar indo bem com a namorada!

— Namorada? Quem precisa de namorada?

Década de trinta. Um judeu estava andando de metrô em Berlim, lendo um jornal nazista. Um amigo judeu que estava no mesmo vagão estranhou:

— Que isso, Jacó? Cê tá maluco! Lendo um jornal anti-semita?

— Vou te explicar. Eu só lia jornal judaico, e o que eu encontrava nesses jornais? Só tinha notícia ruim! Os judeus estão sendo perseguidos, judeus estão sendo massacrados, mandados pros campos de concentração. Agora eu leio esses jornais nazistas, e o que está escrito aqui? Os judeus são todos banqueiros, controlam a mídia, são ricos e poderosos. Aqui só tem notícia boa!

Um burro morreu bem em frente da igreja. Uma semana depois, o corpo ainda estava lá. O padre resolveu reclamar com o prefeito.

— Prefeito, tem um burro morto na frente da igreja há quase uma semana!

E o prefeito, grande adversário político do padre, alfinetou:

— Mas padre, não é o senhor que tem a obrigação de cuidar dos mortos?

— Sim, sou eu! Mas também é minha obrigação avisar os parentes!

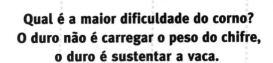

**Qual é a maior dificuldade do corno?
O duro não é carregar o peso do chifre,
o duro é sustentar a vaca.**

Durante o jantar, a patricinha anuncia para toda a família.
— Mamãe... papai... estou grávida!
— Como?! — pergunta o pai, embasbacado.
— Estou grávida!
— E quem é o pai? — pergunta a mãe, atônita.
— Eu sei lá! Vocês nunca me deixaram namorar firme!

O empresário chega pra mulher e diz:
— Querida, recebi uma intimação da Secretaria da Receita Federal a respeito do atraso na entrega da Declaração do Imposto de Renda. Você acha que devo comparecer de *jeans* ou de terno e gravata na repartição?
— Bem, querido, digo a mesma coisa que minha mãe me disse quando perguntei se, na nossa noite de núpcias, eu deveria usar calcinhas de renda ou de seda.
— E o que foi que ela disse?
— Tanto faz, ele vai te foder de qualquer jeito!

O amigo pega o outro no banheiro fazendo xixi sentado no vaso sanitário.

— Mas o que que é isso? Fazendo xixi sentado como mulher? O que houve com você?

— Ah! Segunda-feira saí com uma loura linda, uma bunda inacreditável; na hora H, eu brochei. Na terça, saí com uma

Qual é a semelhança entre uma melancia grande e uma mulher muito bonita?
As duas ninguém come sozinho.

morena, uma ninfetinha supergostosa; na hora H, brochei. Na quarta, foi com uma ruiva com dois peitões maravilhosos; brochei. Na quinta, saí com uma coroa maravilhosa e brochei de novo.

— Tudo bem — diz o amigo —, mas o que tem isso a ver com mijar sentado no vaso?

— É que depois de tudo isso, você ainda acha que eu vou dar a mão para esse filho-da-puta?

O sujeito entrou na zona, deu 100 reais pra cafetina e pediu:

— Eu quero a mulher mais feia da casa e um prato de macarrão bem orduroso.

A madame respondeu:

— Olha, por esse dinheiro, você pode ter uma loura linda e um prato finíssimo!

— Minha senhora, eu não estou com tesão. Eu estou com saudades de casa!

O cara acordou numa ressaca danada. Não se lembrava de nada do que tinha feito na noite anterior. Amnésia alcoólica total.

O cara pegou o seu roupão que estava jogado no chão e o vestiu. Colocou a mão no bolso do roupão e achou um sutiã. "Caraca", ele pensou, "a noite foi boa!".

Enquanto andava para o banheiro, colocou a mão no outro bolso e achou uma calcinha. "Nossa, a noite foi boa!", pensou.

Quando o cara passou em frente ao espelho, viu que de sua boca saía uma cordinha. "Caraca", o cara pensou apavorado: "Se Deus existe, faça com que isso seja só um saquinho de chá!"

A moça no cinema:
— Tira a mão daí!... Você não, o outro!

TAKAMASSA NOMURO
pedreiro

Kanota Nakama
prostituta

Kotuka Oku Dokara
proctologista

Kaguya Nopano
costureiro

Kawara Norio
pescador

Fujiko Oro
trombadinha

Dibuya Omiyo
roceiro

Katano Okako
gari

KURANO OKOKO
psiquiatra

Tanaka Traka
cobrador de ônibus

KIJURO BURABO
banqueiro

Um famoso repórter de televisão estava no Cudomundistão, um lugar longe pra cacete, fazendo uma reportagem. Ele estava entrevistando um velhinho sobre os costumes locais.

— O senhor poderia me contar um fato de sua vida que jamais tenha esquecido?

O velho homem sorri e começa a contar a história:

— Um dia, há muito tempo, minha cabra se perdeu na montanha. Como manda a nossa tradição, todos os homens da cidade se reuniram para beber e sair à procura da cabra. Quando finalmente a encontramos, já de madrugada, bebemos mais uma dose e, como de costume, todos transaram com a cabra, um por um. Foi uma cena inesquecível... — O jornalista se assusta com a história e diz, todo sem jeito:

— Meu senhor, desculpa, mas eu acho difícil que a minha emissora leve ao ar essa declaração. Será que o senhor poderia contar uma outra história... Quem sabe se o senhor nos contasse uma história bem feliz...

O velho sorriu e disse:

— Ok, também já vivi uma história muito feliz aqui... Um dia, a mulher do meu vizinho se perdeu na montanha. Como manda a nossa tradição, todos os homens da cidade se reuniram para beber e sair à procura da mulher. Quando finalmente a encontramos, bebemos mais uma dose e, como de costume, todos os homens da cidade transaram com a mulher do meu vizinho. Foi a maior diversão da minha vida!

O jornalista ficou decepcionado, mas não desistiu e sugeriu ao velho homem:

— Ok, vamos tentar mais uma vez. Será que o senhor não poderia nos contar uma história muito, muito triste?

Então o velho homem baixou a cabeça e, com os olhos cheios de lágrimas, começou:

— Um dia, eu me perdi na montanha...

No velório, o viúvo recebe o abraço dos amigos:
— Meus pêsames.
Ela vinha sofrendo há muito tempo?
— Sim. Desde que nos casamos.

O menino estava brincando pela casa com uma bexiga na mão. Quando entrou no banheiro, ela escapou e foi cair justamente dentro da privada. Com nojo, ele deixou a danada ali mesmo. Pouco tempo depois, seu pai entrou no banheiro pra soltar um barro e nem notou a bexiga. Ficou ali lendo, enquanto fazia o serviço. Ao terminar, olhou horrorizado para o vaso sanitário. Suas fezes haviam coberto o balão e a impressão era de um imenso, um absurdo, um gigantesco bolo fecal! Sem acreditar naquilo, ligou dali mesmo, do celular, para um amigo que era médico:

— Eu enchi a privada de bosta! Nunca vi tanta bosta assim na minha vida! Tá quase passando do limite do vaso! Acho que eu devo estar com algum problema sério!

— Que isso, meu irmão, tu tá exagerando!

— Que exagerando, o quê! Vem aqui pra ver com os seus próprios olhos!

O médico chega e vai direto pro banheiro.

— Cadê o negócio? — Quando ele vê aquele merdel todo, fica assustado:

— Caraca! Nossa mãe do céu, que é isso?

— Não falei? Agora tá acreditando, né?!

— Nossa, isso é inacreditável!

— E então, será que eu tenho alguma coisa séria?

— Olha, melhor eu pegar uma amostra desse cocozão e mandar para análise!

O médico saca uma pequena espátula de sua maleta e quando encosta para coletar o material, bumm!! A bexiga estoura! Voa merda para tudo que é lado!

Os dois cobertos de bosta se olham e, estupefato, o médico berra:

— Puta que o pariu! Eu achava que já tinha visto de tudo, mas peido com casca pra mim é novidade!

O americano morava no Brasil há algum tempo. Ele fez uma lista de compras e foi ao supermercado. No caminho, foi se lembrando do que precisava:

— Pay she, Mac car on, My one ease, Paul me to, All face, mail kill de Car need, Spa get, As par goes, K-Jow parm zoon, Cool view floor, Pier men tom, Better hab, Lee moon, Beer in gel, Three go.

Quando já estava indo embora do supermercado, deu um tapa na testa, dizendo:

— Puts grill low! Is key see o too much. Put a keep are you.

A mulher chega em casa e vê o marido atarantado correndo pra lá e pra cá com um pano na mão.

— O que é isso, querido? Ficou maluco?

— Estou matando moscas, meu amor! Já matei cinco: duas machos e três fêmeas.

— Ué, e como é que você descobriu qual era macho e qual era fêmea?

— Foi fácil, duas estavam na garrafa de cerveja e três no telefone.

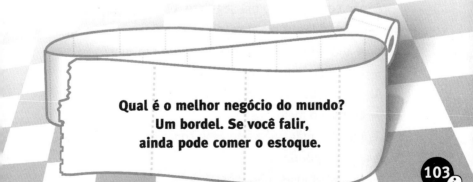

**Qual é o melhor negócio do mundo?
Um bordel. Se você falir,
ainda pode comer o estoque.**

Noite de blecaute. Uma senhora está em casa e vê um vulto passar. Aproxima-se dele por trás, com cuidado, agarra-lhe os testículos e, apertando com toda força, pergunta:
— Quem é você?
Não obtendo resposta, ela aperta com mais força.
— Quem é você?
Mantém-se o silêncio, ela aperta ainda mais, já com pedaços de pele escapando por entre os dedos, e volta a perguntar:
— Quem é você?
Uma voz sofrida consegue responder:
— O... O... O... João...
— Que João?
— João... o... o... o... o... o mudinho...!

Um rapaz chega em casa e diz à mãe que se apaixonou por uma mulher e que vai se casar com ela. A mãe pergunta:
— E você não vai apresentar ela pra sua mãe?
— Mãe, vou fazer uma brincadeira com você. Vou trazer aqui três mulheres e você vai tentar adivinhar com qual eu vou casar.
A mãe concorda. No dia seguinte, ele leva três mulheres lindíssimas. Elas sentam-se no sofá e ficam conversando durante um tempo. Então ele pergunta pra mãe:
— E aí, mãe, adivinha com qual eu vou casar?
A mãe responde imediatamente:
— Com a do meio.
— Incrível, mãe, acertou! Mas como é que você sabe?
A mãe responde:
— Muito simples, não gostei dela!

Quando a mulher foi pegar a roupa do marido pra colocar pra lavar, achou no bolso da camisa um papelzinho com o nome "Andressa" escrito. Furiosa, ela procurou o marido:

— Você deve ter uma boa explicação pra isso! — ela mostrou o papelzinho. — Quem é essa tal de Andressa?

— Calma, meu amor. Lembra que eu fui ao jóquei na semana passada? Então, Andressa era o nome do cavalo em que eu apostei.

> Por que Deus inventou a mulher?
> Porque tinha uma parte do homem que não encaixava em lugar nenhum!

De noite, assim que o sujeito abriu a porta de casa, chegando do trabalho, levou um tapão na cara.
— Que isso, mulher? — o cara perguntou.
— É que o seu cavalo ligou hoje de tarde.

Um marinheiro ia fazer uma viagem muito longa, que duraria meses. Antes de partir, ele falou pra sua mulher:
— Meu bem, eu vou sentir muito a sua falta. Mas estou preocupado, nesses lugares que eu vou a gente não tem nada pra fazer à noite, e fica cercado de mulheres... se eu tivesse um *hobbie*, algo pra fazer à noite pra passar o tempo...
A mulher deu de presente pro marinheiro uma gaita.
Meses depois o marinheiro voltou de viagem e, assim que chegou em casa, partiu cheio de tesão pra cima da mulher.
— Ai, meu Deus! Tô cheio de saudades! Não vejo a hora de ir pra cama com você!
— Calma — disse a mulher. — Antes eu quero ver você tocar a gaita!

Duas semanas depois do casamento, a mulher procura o padre, desesperada.
— Padre, eu e o meu marido tivemos uma briga terrível!
— Calma, minha filha, isso não é tão grave assim. Todo casal tem suas rusgas. Todo casamento tem as suas briguinhas.
— Eu sei, eu sei — a mulher disse —, mas onde é que eu escondo o corpo?

O sujeito chega em casa cansado de um dia estafante no trabalho. Se joga no sofá e fala pra mulher:
— Me dá uma cerveja antes que comece!
A mulher, meio contrariada, pega uma cerveja na geladeira e dá pro marido. O cara bebe a cerveja e fala:
— Me dá outra cerveja antes que comece!
A mulher, meio irritada, pega outra cerveja e dá pro marido. O cara bebe a cerveja e fala:
— Me dá outra cerveja antes que comece!
A mulher, furiosa, grita:
— Vai pegar você! Só quer saber de ficar aí deitadão no sofá bebendo cerveja! Tá pensando o quê, que eu sou sua escrava?
— Pronto. Começou!

O sujeito estava quase morrendo. Moribundo na cama, ele pede à mulher:
— Você atende o meu último pedido?
— Claro. O que você quiser.
— Depois que eu morrer, você se casa com o Zeca?
— Com o Zeca? Mas você odeia ele!
— É por isso mesmo!

Por que as mulheres são como as moedas?
Porque ou são caras ou são coroas.

O marido passou a noite fora. Às seis da manhã, o cara aparece em casa, completamente bêbado e cheio de marcas de batom na roupa. A mulher, furiosa, falou:
— Espero que o senhor tenha um ótimo motivo pra chegar em casa às seis da manhã!
— Tenho — respondeu o bebum.
— Qual?
— Café da manhã.

O cara estava dirigindo seu carro por uma estrada. Ao seu lado estava sua mulher e, no banco de trás, sua sogra.
— Você tá indo muito rápido! — reclamou a mulher.
— Rápido? Tá devagar demais, parece uma tartaruga! — gritou a sogra de trás.
— Tá rápido! Vai tirar o pai da forca? — gritou mais alto a mulher.
— Tá devagar! Parece uma lesma! — gritou a sogra.
O cara não agüentou e gritou pra mulher:
— Vamos parar com isso! Afinal, quem é que está dirigindo esse carro? Você ou sua mãe?

Um casal foi visitar uma feira agropecuária. Começaram vendo a exposição dos touros reprodutores. No curral do primeiro touro, havia uma placa:
"Esse touro copulou 50 vezes no ano passado".
— Nossa! 50 vezes! — a mulher falou pro marido. — Você podia aprender um pouco com ele!

O marido fingiu que não ouviu. Continuaram andando, passaram por um segundo touro, onde havia uma placa:

"Esse touro copulou 120 vezes no ano passado".

— 120 vezes! — espantou-se a mulher. — Isso é mais que duas vezes por semana! — Ela virou-se pro marido e falou:

— Você podia aprender muito com esse touro!

O cara continuou calado, fingindo que não era com ele. Passaram então por um terceiro touro. Na placa, estava escrito:

"Esse touro copulou 365 vezes no ano passado".

A mulher ficou toda animada:

— 365 vezes por ano! Isso é todo dia!

E falou de novo pro marido:

— Você tinha muito que aprender com esse touro!

O cara, dessa vez, não agüentou ficar calado. Virou-se pra mulher e falou:

— Pergunta pro touro se as 365 vezes foram com a mesma vaca!

— Capitão, eu vim visitar o meu neto, Sérgio Ricardo.
Ele serve no seu regimento, não é?
— Serve, sim, mas hoje pediu licença para ir ao enterro da senhora.

O cara acorda com a "mãe" de todas as ressacas. Olha em volta e vê sua roupa passada e pendurada. O quarto está em perfeita ordem.

Ele vê na mesinha-de-cabeceira um copo de água, duas aspirinas e um bilhete de sua mulher:

"Querido, deixei teu café pronto na copa. Fui ao supermercado. Beijos".

Ele desce e encontra a mesa do café esperando por ele. Pergunta ao filho:

— O que aconteceu ontem?

— Bem, pai, você chegou às três da madrugada, completamente bêbado, vomitou no tapete da sala, quebrou um cinzeiro, machucou teu olho, ao bater na porta do quarto.

— E por que está tudo arrumado, café preparado, roupa passada, aspirinas para a ressaca e um bilhete amoroso da tua mãe?

— Bem, é que a mamãe te arrastou até a cama e, quando estava tirando tuas calças, você disse:

— Não faça isso, moça, eu sou casado...

Com menos de um mês de casada, a filha única chega à casa da mãe toda roxa:

— Oh! Mamãe, o Zecão me bateu!

— O Zecão? Eu pensei que ele estivesse viajando!

— Eu também, mamãe! Eu também!

O sujeito foi convidado para uma reunião com os amigos. Ele prometeu à mulher que estaria de volta à meia-noite. Mas as horas passaram rápido e a cerveja estava rolando solta. Por volta de três da manhã, bêbado feito um gambá, o cara voltou para casa. Mal entrou em casa, o cuco no *hall* disparou e "cantou" três vezes. Rapidamente, percebendo que a mulher podia acordar, ele fez "cuco" mais nove vezes. Ficou superorgulhoso por ter uma idéia tão brilhante e rápida, mesmo de porre.

Na manhã seguinte, a mulher perguntou a que horas ele tinha chegado e o cara mandou:

— Meia-noite.

A mulher não pareceu nem um pouquinho desconfiada.

— Ufa!! Escapei! — suspirou o sujeito

Então, ela disse:

— Nós precisamos de um novo cuco.

— Por quê? — o sujeito estranhou. Ela respondeu:

— Bom, esta noite nosso relógio fez "cuco" três vezes, depois ele disse "Caralho"! Fez "cuco" mais quatro vezes, pigarreou, cantou mais três vezes, riu, cantou mais duas vezes. Daí tropeçou no gato e peidou...

— Putz....

Por que o ginecologista é o médico que enxerga mais longe? Porque ele enxerga lá na casa do caralho.

Uma mulher entra numa farmácia e pede:
— Por favor, quero comprar arsênico.
— Por que a senhora quer comprar esse veneno?
— Para matar o meu marido!!
— Infelizmente não posso vender veneno para esse fim — diz o farmacêutico.
A moça abre a bolsa, tira uma fotografia do marido dela trepando com a mulher do farmacêutico.
— Mil desculpas — diz ele —, não sabia que a senhora tinha uma receita!

O casal acaba de se mudar para um novo apartamento e, depois de ver o banheiro, a mulher alerta o marido:
— Não gostei nem um pouco dessa janela grande no banheiro! Os vizinhos vão me ver tomando banho todos os dias. É melhor você comprar uma cortina!
— Não se preocupe, querida! Depois que os vizinhos te virem tomando banho pela primeira vez, eles é que vão comprar uma cortina!

Briga pesada do casal no café da manhã. Antes de sair para o trabalho, o marido se vira para a mulher e grita:

— E tem mais: nem boa de cama você é!

Depois de algum tempo, ele se arrepende e liga para casa para pedir desculpas. A mulher demora a atender.

— Por que você demorou tanto para atender? — pergunta o marido.

— Eu estava na cama — responde ela.

— Mas o que você está fazendo na cama a uma hora dessas? — pergunta ele.

— Pegando uma segunda opinião...

Entre abraços e beijos, o rapaz sussurra para a namorada, com a voz cheia de tesão:
— Amorzinho, eu queria realizar uma fantasia sexual com você!
— E qual é a fantasia?
— Eu queria gozar no seu ouvido!
— No meu ouvido? — diz ela, assustada. — Você está maluco, eu posso ficar surda!
— Por quê? Por acaso você ficou muda?

Depois de um ano de casamento, o marido pergunta à esposa:
— Amorzinho, me diga a verdade... Com quantos homens você já se deitou?
— Ah, querido, não vamos falar disso...
— Pode falar, amor... Eu não vou ficar chateado.
— Jura?
— Claro, meu bem... Fala a verdade pra mim!
— Tudo bem — diz a mulher, contando nos dedos. — Vamos lá... Tem o meu primeiro homem, depois aquele gordinho, aqueles dois amigos da faculdade, o filho do meu chefe, depois aquele jogador de futebol, aquele pagodeiro, os dois vizinhos da Eunice... Bom, acho que foram nove!
— Ah, então eu sou o seu décimo homem? — perguntou o marido, decepcionado.
— Não, seu bobo... Você foi o primeiro!

Uma sexta-feira, depois do trabalho, um casal de namorados encontrou-se num café. Depois de beberem qualquer coisa, foram jantar e decidiram passar um tempo juntos num motel. O que aconteceu então no motel?

Há duas versões:

1. VERSÃO DELA: Ele estava de mau humor quando nos encontramos no café. Pensei que era porque eu tinha chegado tarde, mas ele não me disse nada. Do meu penteado novo, nem um comentário. "Não gostou", pensei. A nossa conversa não andava, então eu propus falarmos mais intimamente num restaurante. Ele aceitou, mas, quando chegamos, continuava muito sério. Tentei fazê-lo sorrir, mas não fez efeito. Perguntei se o problema era comigo. Ele disse que não. No táxi, disse-lhe "te amo" e ele apenas me pegou na mão, enquanto olhava pela janela. Ele não disse nem "eu também"! Ao chegar ao motel, continuamos sem nos falar! Tentei perguntar-lhe qualquer coisa e ele respondeu qualquer coisa, acho que por boa educação, enquanto... via televisão! Depois meteu-se no banheiro. Um pouco zangada, despi-me e meti-me na cama, enquanto pensava que talvez fosse melhor ir para casa. Dez minutos depois, ele veio para a cama e fizemos amor, mas acho que com pouca convicção. Poucas carícias e poucos beijos. Ele parecia em outro mundo. Estava intrigada. Já começava a duvidar de tudo. Talvez tivesse encontrado outra mulher, ou não se interessasse mais por mim... E agora estou aqui em casa, destruída, tentando ordenar as minhas idéias e desejando saber como está a nossa relação...

2. VERSÃO DELE: Dia difícil no trabalho... pelo menos dei umazinha!

Um caboclo do interior tinha um touro que era o melhor da região. O touro era seu único patrimônio. Os fazendeiros da redondeza descobriram que o tal touro era o melhor animal reprodutor e começaram a alugar o bicho para cobrir suas vacas. Conseguiam sempre o nascimento dos melhores bezerros. Era só colocar uma vaca perto dele e o touro não perdoava uma. O caboclo começou a ganhar muito dinheiro com isso, que era sua única forma de sustento. Os fazendeiros se reuniram e decidiram comprar o touro.

Um representante deles foi até a casa do caboclo.

— Põe preço no seu bicho que queremos comprá-lo.

O caboclo, aproveitando-se da situação, falou um preço absurdo. Os fazendeiros, não aceitando a proposta, foram se queixar com o prefeito da cidade. Este, sensibilizado com o problema, decidiu comprar o animal com o dinheiro da prefeitura e o registrou como patrimônio da cidade. Também resolveu fazer uma festa para apresentar o touro para a cidade.

No dia da festa, os fazendeiros trouxeram suas vacas para o touro cobrir e tudo sairia de graça. Logo que trouxeram a primeira vaca, o touro esbravejou, pulou, cheirou a vaca e nada.

— Deve ser culpa da vaca —disse um fazendeiro.— Ela é muito magra.

Trouxeram uma vaca holandesa, a mais bonita da região. O touro esbravejou, pulou, cheirou a vaca e nada. O prefeito, puto da vida, chamou o ex-dono do animal e lhe perguntou o que estava acontecendo.

— Não sei... — disse o caboclo. — Ele nunca fez isso antes! Deixa que eu vou conversar com o touro. — E o caboclo, aproximando-se do bicho, foi logo perguntando:
— O que há com você? Não tá mais a fim de trabalhar?

E o touro, dando uma espreguiçada, respondeu:

— Não me enche o saco. Agora eu sou funcionário público!

Um mineirinho, mas desses bem capiau mesmo, da roça, resolveu ir ao médico. No consultório, o doutor o examinou, constatou seu problema e receitou um supositório. Antes de sair do consultório, o mineirinho ainda ouviu a recomendação do médico:

**O que o chifrudo e o consórcio têm em comum?
Nos dois, quando você menos espera,
é contemplado.**

— Olha, esse comprimido não é pra beber não, hein! É pra você colocar ele no reto.

O capiau olhou para o doutor com aquela cara de dúvida e repetiu:

— É... é no reto, dotô?

— Isso mesmo — respondeu o médico. O mineiro se levantou, despediu-se e foi embora, encafifado. Quando estava na recepção, voltou ao consultório e perguntou:

— Onde mesmo, dotô? No reto?

— Isso, no reto, ou seja, no ânus!

— Ah, bom, no ânus! Intão tá bão!

E foi embora, encabulado. Ao chegar em casa, comentou com a mulher:

— Tá vendo esse comprimido, muié? O dotô mandô colocar no ânus.

A mulher perguntou:

— Mas onde que é isso?

— Num sei, só sei que é um tar de reto também.

E ambos ficaram a matutar, sem saber do que se tratava. No dia seguinte, o capiau resolve enfrentar o médico outra vez. Com o supositório na mão, voltou ao consultório, encarou o doutor e perguntou:

— Dotô, onde mesmo que é pra eu botá esse comprimidim?

— No ânus! — respondeu o médico, sem desconfiar da dúvida do caipira, que coçou a cabeça, agradeceu e foi-se embora. Ao chegar em casa, disse à mulher:

— Muié, me faiz um favor. Vai lá ocê no dotô e pergunta pra ele onde é pra pô esse comprimido, porque se eu voltá lá e perguntá de novo, é capaz dele enfezá e mandá eu infiá isso no cu!

O mineirinho foi ao médico, pois estava com muita dor no pênis. Chegando ao consultório, o médico pediu para que ele se despisse. Ao ver o estado lastimável do membro do mineirinho, o médico começou a perguntar sobre a rotina sexual do paciente, que foi logo explicando:

— Bão, eu acordo lá pelas quatro hora da manhã, aí dô umazinha na muié, tomo banho, dô otrazinha na muié, tomo café, dô mais umazinha na muié e vô trabaiá no milharar. Lá pelas dez hora, vorto pra lanchá... e aí dô umazinha na muié, tomo o lanche, dô mais umazinha na muié e vorto pro milharar. Quando dá meidia, vorto prá armuçá, dô umazinha na muié, armoço, dô uma durmidinha, acordo, dô umazinha na muié e vorto pro milharar. Aí, lá pelas quatro hora da tardinha, paro de trabaiá, largo do miralhar, vô pra casa, dô mais umazinha na muié, tomo um banho, dô otrazinha na muié, janto, dô mais uma pra drumir bem realaxado, durmo e no otro dia começo tuuudo traveiz.

O médico ficou horrorizado e diagnosticou a causa das dores no pênis do mineirinho com facilidade:

— Ora, meu amigo, o senhor está fazendo sexo demais... Por isso que seu pênis está todo escalavrado! — Mesmo assim, o mineirinho ainda quis confirmação:

— Ô seu Dotô, o sinhô tem certeza que essas dor no pau é tudo por causo das foda que eu dô na patroa?

Por que as mulheres não conseguem contar até 70? Porque no 69 elas estão com a boca cheia.

O doutor, obviamente, reconfirmou:

— Claro, meu amigo. O senhor está fazendo sexo demais!

O mineiro levantou as mãos para o céu e disse:

— Graças a Deus, dotô! Pensei que era por causa das punhetinha que eu bato lá no milharar.

O caipira há muito tempo estava de olho na cumadre e, aproveitando a ausência do cumpadre, resolveu fazer uma visitinha para ver se ela não precisava de alguma coisa. Chegando lá, os dois meio sem jeito, não estavam acostumados a ficar sós, falaram sobre o tempo... "será que chove?..." "Pois é..." e fica aquela falta de assunto. Aí o cumpadre se enche de coragem e resolve quebrar o gelo:

— Cumadre... que tu acha: trepemo ou tomemo um cafezinho?

— Ah, cumpadre... me pegou sem pó de café...

O sujeito chega em casa felizão.
— Olha só o que eu comprei, mulher!
— O quê?
— Preservativo olímpico!
— Que isso?
— Um pacote com três camisinhas de cores diferentes: ouro, prata e bronze. E hoje, eu vou começar usando a de ouro!
— Por que você não usa a prata?
— Por quê?
— Pra ver se chega em segundo uma vez na vida!

Eu sou como um alpinista,
só o cume interessa.

O sujeito estava na maior fissura, louco pra dar uma trepada, mas não tinha arrumado mulher. Então, quando o taradão passava por uma banca de frutas, começou a pensar:
"Uma abóbora! É macia por dentro, úmida..." Pronto, ele compra uma abóbora e leva prum beco. Olha pros lados, verifica se não vem ninguém, então o cara abre um buraco de um tamanho adequado e começa a transar com a abóbora! Quando ele já está lá dentrão da abóbora, no meio do seu ofício, ele não percebe a chegada de uma viatura da polícia. O guarda se aproxima e diz:
— O senhor não tá vendo o que está fazendo? Está na rua tendo relações sexuais com uma abóbora!
O sujeito pensa um pouco, se vira pro guarda e manda:
— Uma abóbora? Como uma abóbora? Ih, já passou da meia-noite, é?

O filho pequeno pergunta pro pai:
— Pai, você já viu uma buceta?
O pai, pego de surpresa, fica meio sem jeito, mas responde:
— Já, meu filho.
— E como é que é?
— Como é que é? Antes ou depois do sexo?
— Antes.
— Antes? Bom, é como uma rosa, com suas lindas pétalas vermelhas...
— E depois?
— Depois? Você já viu um buldogue comendo maionese?

Um casal se conheceu numa festa e, depois de uma longa paquera, foram parar no motel. Tiveram uma noite de sexo inesquecível. No dia seguinte, ao acordar, eles se entreolhavam apaixonados. No que o cara disse:

— Essa foi a melhor transa da minha vida! Só me diz uma coisa, você é cabeleireira, não?

— Sou mesmo. Como é que você adivinhou?

— Pela maneira como você tocava meu cabelo na noite passada.

A moça respondeu:

— Eu também sei uma coisa de você. Você é petista.

O rapaz ficou muito surpreso:

— Como você sabe disso?

— Bem, muito simples: enquanto transávamos, percebi que, quando você estava por baixo, gritava muito e, quando estava por cima, não sabia o que fazer...

Tarzan vivia sozinho na selva há anos, apenas os animais lhe faziam companhia. Tarzan se aliviava sexualmente nos buracos das árvores. Um dia, Jane chegou à floresta e conheceu Tarzan. Ela observava curiosa os hábitos do homem-

Por que os cirurgiões usam máscara para operar? Para não serem reconhecidos pela vítima.

macaco. Um dia, Jane viu Tarzan mandando ver no buraco de uma árvore. Ficou com pena dele e, já com um certo tesão, se ofereceu pra satisfazer a fome de sexo do Tarzan. Jane então tirou suas roupas e abriu as pernas. Tarzan também ficou peladão e de pau duro. Então o Tarzan deu uma porrada na buceta de Jane.
— Que isso? — gritou Jane assustada.
— Testando pra ver se tem esquilo dentro!

Um cara tinha o pau pequeno. Um dia, ele estava numa festa quando viu uma loura deliciosa e resolveu investir. Aproximou-se e puxou conversa. Tanto fez que conseguiu sair com a loura para um lugar mais reservado. Começou então a dar uns amassos na moça e, quando o clima esquentou, ele pediu pra comer a moça. Ela fez jogo duro.
— Aqui na festa? De jeito nenhum!
— Deixa, rapidinho.
— Não — disse ela, irredutível.
— Vai, deixa. Só a cabecinha, só a cabecinha.
O cara tanto insistiu, que ela acabou liberando:
— Tá legal. Só a cabecinha, hein?
O cara aproveitou que a moça abriu a guarda e mandou ver, colocou tudo. A loura adorou e gritou louca:
— Ai que delícia, coloca tudo, vai! — Ele parou e disse:
— Ah, não! Trato é trato!

Depois de um naufrágio, restaram oito sobreviventes numa ilha deserta: sete homens e uma mulher. Cientes de que deveriam se adaptar à nova situação, combinaram da melhor maneira e ficou tudo beleza. A mulher dava conta dos sete e rolava até uma suruba. Todo mundo estava feliz. Porém, um belo dia, como um golpe do destino, a mulher veio a falecer. Na primeira semana, tudo bem...

Veio a segunda semana... tudo bem, dava para levar... Na terceira semana, o bicho começou a pegar... a situação começou a ficar feia, mas ainda deu pra levar... Até que, na quarta semana, não deu mais pra agüentar e um dos marmanjos falou:

— E aí... galera, realmente, não dá mais! Vamos ter que enterrar a mulher!

Casal pobrezinho transando. Eles estão lá na maior empolgação, fazendo um 69, quando ela diz:

— Subiu a gasolina, né, Jeremias?

O que é que as mulheres têm uma vez por mês e dura três ou quatro dias? O salário do marido.

— Ô Deolinda! Num enche o saco, porra! Tamo aqui trepando e você vem falar de gasolina... quem te contou isso?
— Ninguém contou não, Jerê! Eu li agora num pedaço de jornal que ficou grudado aqui no teu cu!

A mulher se casou com um milionário muito mais velho. Foi só assinar a papelada e, curiosamente, todo o furor sexual da época do namoro desapareceu. Ela sempre dava um jeito de escapar das transas, reclamando de dor de cabeça. O homem já estava perdendo a paciência. Uma noite, prevendo que a esposa daria a desculpa esfarrapada mais uma vez, ele bolou um plano. Entrou no banheiro, tomou um banho demorado e, minutos depois, apareceu nu no quarto. Foi batata: ao perceber o marido peladão e perfumado, a mulher fez uma cara feia, deixou de lado a revista que estava lendo e disse:
— Ai, amor... Estou com uma doooor de cabeça terrível!
Neste momento ela reparou melhor o marido e viu que o pênis dele estava totalmente coberto de um pó branco. Surpresa, ela pergunta:
— O que é isso, amor?
E ele:
— Aspirina, querida. Vai ser via oral ou supositório?

O gerente chama o empregado da área de produção, um negão forte, 1,90m de altura, 100kg, recém-admitido, e inicia o diálogo:

— Qual é o seu nome?

— Eduardo — responde o empregado.

— Olhe — explica o gerente—, eu não sei em que espelunca você trabalhou antes, mas aqui nós não chamamos as pessoas pelo seu primeiro nome. É muito familiar e pode levar à perda de autoridade. Eu só chamo meus funcioná-

> Nós vivemos num país sem lei.
> Norma no Brasil só é seguida se for boazuda e der bola pro cidadão.

rios pelo sobrenome: Ribeiro, Matos, Souza... E quero que me chame de Mendonça. Bem, agora quero saber: Qual é o seu nome completo? O empregado responde:
— Meu nome é Eduardo Paixão.
— Tá certo, Eduardo. Pode ir agora...

Um sujeito foi fazer um teste para emprego. O empregador dirige-se ao candidato e faz a primeira pergunta:
— Você está em uma estrada escura e vê ao longe dois faróis emparelhados vindo em sua direção. O que você acha que é?
— Um carro — diz o candidato.
— Um carro é muito vago. Que tipo de carro: uma BMW, um Audi, um Volkswagen?
— Não dá pra saber, né...
— Ihh, assim você vai mal, muito mal — diz o empregador, que continua. — Vamos à segunda pergunta: Você está na mesma estrada escura e vê só um farol vindo em sua direção, o que é?
— Uma moto — diz o candidato.
— Sim, mas que tipo de moto: uma Yamaha, uma Honda, uma Suzuki?
— Sei lá, numa estrada escura, não dá pra saber.
— Assim você não vai passar — diz o empregador. — Vamos tentar mais uma pergunta: Na mesma estrada escura você vê de novo só um farol, mas menor, e você percebe que vem bem mais lento. O que é?
— Uma bicicleta.
— Sim, mas que tipo de bicicleta, uma Caloi, uma Monark?

— Não sei.

— Você está reprovado — diz o empregador.

Aí o candidato dirige-se ao empregador e fala:

— Interessante esse teste. Posso te fazer uma pergunta também?

— Claro que pode. Pergunte!

— O senhor está numa rua iluminada. Vê uma moça com maquiagem carregada, vestidinho vermelho bem curto, girando uma bolsinha, o que é?

— Ah! — diz o empregador. — É uma puta.

— Sim, mas que tipo de puta: sua irmã, sua mulher, sua mãe...?

O chefe de departamento de pessoal da empresa, justificando para o jovem solteiro por que não vai contratá-lo:

— Desculpe, mas nossa empresa só trabalha com homens casados.

— Por quê? Por acaso são mais inteligentes e competentes que os solteiros?

— Não, mas estão mais acostumados a obedecer.

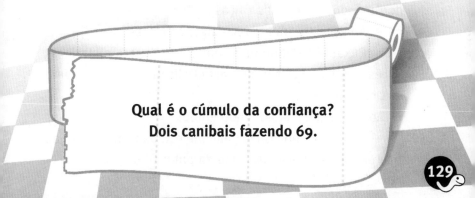

**Qual é o cúmulo da confiança?
Dois canibais fazendo 69.**

Durante o vôo, o comandante pega o microfone e fala:

— Senhores passageiros, quem vos fala é o comandante. Estamos voando a uma altitude de 9.800 metros, numa velocidade de 920 quilômetros por hora. Neste momento, estamos sobrevoando a cidade de... o que é isso... ploct... plect... crash... Oh! Meu Deus! — Alguns segundos depois, o comandante prossegue:

— Senhores passageiros, desculpe o susto, mas enquanto eu falava, fui pegar minha xícara de café e acabei derrubando nas minhas calças...

— Ahhh! — fizeram os passageiros aliviados!

— Puxa! — continuou o comandante, para distrair. — Vocês precisam ver em que estado ficou a parte da frente das minhas calças...

Ao que alguém lá no fundo gritou:

— E o senhor precisa ver em que estado ficou a parte de trás da minha cueca, seu filho-da-puta!

Uma bichinha viajava de avião. Depois que o avião levantou vôo, ela falou para o seu namorado, que estava sentado ao lado:

— O meu maior sonho era transar nas alturas.

— Que isso? — respondeu o bofe. — O avião tá lotado.

Mas a bichinha tanto insistiu, argumentando que todo mundo estava dormindo, inclusive a tripulação, que o avião estava no piloto automático, que ninguém ia ver e, pra provar, a bicha se levantou e falou em voz alta:

— Alguém tem um isqueiro para acender meu cigarro?

Como ninguém respondeu nem reclamou que era proibido fumar, ela disse:

— Está vendo como todo mundo dorme profundamente?

Então, diante desses argumentos, o namorado acabou traçando a bichinha em pleno vôo.

Duas horas depois, uma comissária resolve dar uma geral no avião e encontra um velhinho tremendo como se estivesse congelado.

— O senhor está sentindo alguma coisa? Está doente?

E o velhinho respondeu:

Alguns sutiãs são como as ditaduras. Oprimem os de dentro. Enganam os de fora e erguem um monumento aos caídos.

— Não, minha filha. Eu só estou com muito frio! O ar condicionado está muito forte! — A aeromoça então perguntou:

— E por que o senhor não pediu um cobertor?

O velho retrucou:

— Porra, minha filha, um cara ali pediu um isqueiro e enrabaram ele... imagine se eu pedisse um cobertor!

Um cego estava viajando num jatinho, quando percebeu que algo estava errado. Ele gritou pelo piloto, mas não teve resposta. O ceguinho, nervoso, conseguiu chegar até o rádio do avião e começou a pedir socorro.

— Socorro! Socorro!

A torre respondeu:

— Qual é o problema?

— Socorro! Eu sou cego, o piloto morreu e o avião está voando de cabeça para baixo!

— Se você é cego, como é que você sabe que o avião está de cabeça para baixo? — perguntou a torre.

— É que eu me caguei todo e a merda está subindo pelas minhas costas!

PORTUGUÊS

1. Na oração "O X-9 me dedurou no tribunal", o sujeito é:
☐ **A.** Um filho-da-puta e tem mais é que morrer.
☐ **B.** Oculto, mas eu vou atrás dele, pois esse filho-da-puta tem mais é que morrer.
☐ **C.** Indeterminado, mas eu vou passar fogo nuns três de quem eu estou suspeitando, pois esses filhos-da-puta têm mais é que morrer.
☐ **D.** Inexistente, pois eu já matei o filho-da-puta que tinha mais é que morrer.

2. Verifique o que está errado na frase: "Os pessoal da Patamo levaro umas cervejinha dos motoristas de táxi".
☐ **A.** O sujeito não concorda com a propina.
☐ **B.** Os policiais botaram o objeto direto na cara do motorista.
☐ **C.** A cerveja estava quente.
☐ **D.** O presunto estava frio.

MATEMÁTICA

1. Responda: 200 gramas de cocaína equivalem a:
☐ **A.** Uma cervejinha.
☐ **B.** Uma cervejinha e um Omega 0 Km.
☐ **C.** Uma cervejinha, um Omega 0 Km e uma cobertura em Ipanema.
☐ **D.** Uma tremenda rebordosa no dia seguinte.

BIOLOGIA

1. O corpo humano se divide em:

☐ **A.** Cabeça, tronco e chumbo.

☐ **B.** A cabeça eu desovei em Vargem Grande, o tronco eu joguei em Belford Roxo e o membro eu dei pro meu cachorro comer.

☐ **C.** Sei lá, eu taquei fogo no corpo.

QUÍMICA

1. Um policial bêbado passou chumbo (Pb) no povo (PT), que já está cansado de levar ferro (Fe) no cobre (Cu). Qual o resultado dessa mistura de elementos?

☐ **A.** Um editorial no *New York Times*.

☐ **B.** Uma música do Caetano Veloso.

☐ **C.** O policial já se encontra preso numa cadeia carbônica.

2. Um arquivo da Delegacia de Entorpecentes queima a 1.200 graus Celsius. A este fenômeno dá-se o nome de:

☐ **A.** Combustão de arquivo.

☐ **B.** Carbonização de provas comprometedoras.

☐ **C.** Não sei, nesse dia eu estava de folga.

☐ **D.** Não sei, mas vamos abrir um rigoroso inquérito para descobrir a resposta.

FÍSICA

1. A Terceira Lei de Newton é:
- [ ] **A.** Dois presuntos não podem ocupar o mesmo lugar na vala.
- [ ] **B.** Dois cadáveres não podem ocupar a mesma gaveta no IML.
- [ ] **C.** A toda ação dos traficantes corresponde uma corrupção no sentido contrário.
- [ ] **D.** Olho por olho, dente por dente.

GEOGRAFIA

1. A vegetação típica da Baixada é:
- [ ] **A.** O cerrado.
- [ ] **B.** O trincado.
- [ ] **C.** O chapado.
- [ ] **D.** O presunto.

Índice remissivo

a
Aids • 14,15
Analista de Sistemas • 44
Ânus • 22, 23, 24, 27, 31, 58-59, 75, 90, 117-118, 121, 125-126
Argentina • 27-29, 63

b
Batman • 88
BMW • 34-35, 128-129
Botucatu • 48-49
Buceta • 14, 20, 122, 123-124
Burro • 65-66, 93
Bush • 32

c
Cardiologista • 16
Cenoura • 62
Chifrudo • 10, 12-13, 56-59, 69-70, 93, 117
Circuncisão • 20, 62

Colhões • 81, 104
Cu • 22, 23, 24, 27, 31, 58-59, 68, 75, 90, 117-118, 121, 125-126
Cudomundistão • 100-101

d
Dentista • 80, 83
Disney • 41

f
Filho-da-puta • 87, 90
Freira • 45-46, 46-47
Funcionário público • 116-117

g
Ginecologista • 16, 51, 111

j
Jesus • 46, 50
Judeu • 91, 92-93

l

Lésbica • 45, 89
Loura • 29, 46-47, 52,
74-75, 83, 95-96, 124

m

Maionese • 122
Maradona • 32
Marinheiro • 106
Michael Jackson • 19, 39
Motel • 115, 123

n

Noé • 65-66

p

Padre • 46-47, 48, 48-49,
57, 93, 106
Papa • 50
Paraolimpíada • 26
Pinóquio • 92
Português • 10-15, 23
Prostituta • 11, 54-55, 98
Punk • 52

r

Robin • 88

s

São Pedro • 30-31, 32-33
Schnauzer • 72-73
Sexo anal • 39-40, 41-42,
58-59, 91-92, 121
Star Treck • 31
Supositório • 117-118, 126

t

Tarzan • 123-124
Tony Blair • 32
Trompetista • 91-92

u

Urologista • 69

v

Veterinário • 19
Viagra • 41
Vidente • 82-83

x

Xoxota • 14, 20

z

Zona • 66, 96, 103

CONHEÇA OS LIVROS DO CASSETA & PLANETA

AS MELHORES PIADAS DO PLANETA... E DA CASSETA TAMBÉM!
O grupo mais irreverente do país apresenta uma antologia de suas melhores piadas, acumuladas ao longo de vinte anos de humor – 128 págs.

AS MELHORES PIADAS DO PLANETA...E DA CASSETA TAMBÉM! 2
Eles voltam a atacar e não livram a cara de ninguém. Leia e não ria... se for capaz – 124 págs.

AS MELHORES PIADAS DO PLANETA...E DA CASSETA TAMBÉM! 3
Uma nova série de piadas infames – 128 págs.

AS MELHORES PIADAS DO PLANETA... E DA CASSETA TAMBÉM! 4
A antologia fundamental para quem quer conhecer todos os tipos de piadas: as protegidas pelo Ibama, as feitas para irritar feministas, as da amante, as de corno... É diversão pura – 136 págs.

MANUAL DO SEXO MANUAL
Um livro de cabeceira para quem gosta de saber tudo sobre sexo, conquista e autocontrole. Numa edição revista e ampliada, o livro ensina tudo sobre a louvável arte do sexo manual – 143 págs.

O AVANTAJADO LIVRO DE PENSAMENTOS DO CASSETA E PLANETA
Uma edição histórica reunindo *O enorme livro de pensamentos do Casseta & Planeta* e *O grande livro de pensamentos do Casseta & Planeta* – 168 págs.

A VOLTA AO MUNDO COM CASSETA & PLANETA
O grupo que revolucionou o humor brasileiro conta suas aventuras pelo mundo, num texto deliciosamente irreverente e divertido – 166 págs.

SEU CREYSSON VÍDIA I ÓBRIA
Seu Creysson é um homem simples do povo - mas com tutano de gente rica, é claro. O livro revela a *vídia i óbria* do personagem mais popular e escrachado do país. Do Grupo Capivara para a presidência da República. Eis um homem que definitivamente se *agarante!* – 108 págs.

AS PIADINHAS DO CASSETINHA
Enfim, chegou a hora da revanche dos baixinhos. *As piadinhas do Cassetinha* é um livro de humor para crianças, recheado de piadas politicamente incorretas – 88 págs.

A TAÇA DO MUNDO É NOSSA
Um álbum fotográfico com tudo que rolou nos bastidores da maior comédia do cinema brasileiro. Depoimentos, comentários, curiosidades, revelações e o roteiro do filme – 192 págs.

Casseta & Planeta apresenta também:

AGAMENON, O HOMEM E O MINTO, de Hubert e Marcelo Madureira
O jornalista mais picareta do Brasil escreve suas memórias – 133 págs.

O LIVRO DO PAPAI, de Helio de La Peña
A chegada de um filho é um momento único na vida de um casal. Todo mundo só tem olhos para a mãe e o futuro bebê. Mas e o pai? Quem orienta o pai? Com muito bom humor o livro fala sobre este mundo de fraldas, mamadeiras e chupetas – 151 págs.

Conheça mais sobre nossos livros e autores no site
www.objetiva.com.br
Disque-Objetiva: (21) 2233-1388

markgraph

Rua Aguiar Moreira, 386 - Bonsucesso
Tel.: (21) 3868-5802   Fax: (21) 2270-9656
e-mail: markgraph@domain.com.br
Rio de Janeiro - RJ